岩 波 文 庫

31-220-1

吉 野 弘 詩 集

小 池 昌 代 編

岩 波 書 店

目次

単行詩集未収録詩篇から

*

吉野弘詩集

君　も

僕と同じように　君も
ささやかな朝の食事のあと
鏡にうつしたワイシャツ姿の首を
ネクタイで締め上げ
苦悩の人が死ぬのを見届けてから
此処《ここ》へ来たのだろうか。
みがかれた靴をはき
家族とさよならをして。

朝のひととき
机に積み上げた書類の山を前に
一服の煙草を

うまそうに吸っている
親しい友
かすかに不敵な横顔。

だが　いつまで持ちこたえるだろう
苦悩の人を殺しまた蘇らせるくりかえしを。

蘇りのときの
次第に稀になってゆく焦燥の中で
ぼんやりと
夜
ラジオ番組の全部を
聞き終えてしまうことはないか
僕と同じように
君も。

さよなら

割れた皿を捨てたとき
ふたつのかけらは
互いにかるく触れあって
涼しい声で
さよならをした。

目には佗びしく
耳には涼しいさよならが
思いがけなく
身に沁みた。

ちょっとした皿だった。
鮎が一匹泳いでいる

美しくない皿だった。

ごく　ちょっとした皿だったけれど
自分とさよならするのは
たいした出来事だったに違いない。

皿のもろさは
皿の息苦しさだったに違いない。

ちょっとした道具だったけれど
皿は　自分とさよならをした。

ついでに　僕にも
涼しいさよなら聞かしてくれた。

さよなら！

人間の告別式は仰山だった。

社内きっての有能社員に
ゆらめくあかりと
たくさんの花環と
むっとする人いきれと
数々の悼辞が捧げられた。

悼辞はほめかたを知らないように
どれもみな同じだった。
——君は有用な道具だった
——有用な道具
——道具
——具

遺族たちは　嬉しさと一緒にすすり泣き
会葬者は　もらい泣き
花環たちも　しおれた。

ききわけのよい
ちょっとした道具だった。
ちょっとした道具だったけれど
黒枠の人は
死ぬ前に
道具と　さよなら　したかしら。

burst

——花ひらく

事務は　少しの誤りも停滞もなく　塵もたまらず　ひそやかに　進行し

つづけた。

三十年。

永年勤続表彰式の席上。

雇主の長々しい讃辞を受けていた　従業員の中の一人が　蒼白な顔で

突然　叫んだ。

——諸君

魂のはなしをしましょう

魂のはなしを!

なんという長い間

ぼくらは　魂のはなしをしなかったんだろう——

同輩たちの困惑の足下に　どっとばかり彼は倒れた。つめたい汗をふいて。

発狂

花ひらく。

——又しても　同じ夢。

亡きKに

——一人のつとめ人の歴史

石造の　かびくさい書類倉庫の中。

開かれた　分厚い文書綴の間から　小さな埃が風と舞い立ち　不意に蘇る

君。

君の美しい文字。　丸味ある数字。

沢山の不満を持て余していた君。おのれに就いて　世間に就いて　絶やさなかった告発。そうして綴っていた美しい文字。不満には粗暴な筆蹟が似合いだろうに。

〈今は只　仮説の必要な時。幸福という古びた仮説が〉

とは君の怒りであった。

〈喜びの感情ほど　僕等に枯れてしまったものはない。いつまで僕等はしらじらしいしずもりの中にいるのか〉

とは君の怒りであった。

生活《くらし》は辛抱強く端正であった。

文字は　ゆっくり　丹念に　美しく書かれた。孤塁を守る不幸のように。

文字には　崩れない忿懣《ふんまん》を包み。

紙を裂くような乱暴な文字をではなく　不敵な無頓着な面構えをした文字をではなく　くさむらの中の秋虫のように　ほそほそと　つよい　かなしみの文字を書き残したひとよ。

君にとって　文字は記号以上のもの。声。声の住居。だが　声は此処《ここ》では憎まれた。はげしく憎まれた。

君はひそませた　声を。君は閉じこめた　苦悩を。敗北を。美しい文字に。文字の内外《うちそと》に。文字と文字とのあはいに。くまぐまに。

石造の　かびくさい書類倉庫の中。分厚い文書綴に　閉じられ　忘れられていた君。君の美しい文字。丸味ある数字。

挨　拶

同じ職場に十年一緒の同僚。
これから先　三十年

一緒にいるだろう同僚。

にがいパンを購うために
ひとつところに集ってきた
せわしく淋しい蟻たちのような。

いつも
視線をまじえない　お早う。
いつも
足早に追い越してゆく　さよなら。

そうして　時に
こらえきれない吐息のような
挨拶
　　なにか面白いことは
　ありませんか　面白

いことは

誰も苦しみをかくしている。
誰も互いの苦しみに手を触れようとせず
誰も互いの苦しみに手を貸そうとしない。
そうして　時に
苦しみが寄り合おうとする。
　なにか
なにか面白いことは
ありませんか

面白い話が尽きて
一人去り
二人去り
最後に　話し手だけが黙って
ストーブに残っていたりする。

労働組合の総会で議長をやったとき
発言の少いのに腹を立てて　みんなを
一層黙らせたことがあった。
あの時も淋しかった。言葉不足な苦しみたちが黙っていたのだ。
ひとの前では言えないことで頭がいっぱいだったのだ。
――そいつをなんとか話し合おう――
と若い議長がいきりたったのだ　あのとき。

不器用な苦しみたちは
いつも黙っている。
でなければ　しゃべっている。
なんとか自分で笑おうとしている。
ひとを笑わそうとしている。
そうして
どこにも笑いはない。

そうして
　　なにか面白いことは
　　ありませんか

パチンコに走る指たちを責めるな。
麻雀を囲む膝たちを責めるな。
水のない多忙な苦役の谷間に
われを忘れようとする苦しみたちをも
責めるな。

これら　苦しみたちの洩らす
吐息のような挨拶を責めるな。

それら
どこからともなく洩れてくる
挨拶

なにか面白いことは
ありませんか
なにか

記録

首切案の出た当日。事務所では　いつに変らぬ談笑が声高に咲いていた。さりげない　その無反応を僕はひそかに　あやしんだが　実はその必要もなかったのだ。

翌朝　出勤はぐんと早まり　僕は遅刻者のように捺印した。

ストは挫折した。小の虫は首刎ねられ　残った者は見通しの確かさを口にした。

野辺で　牛の密殺されるのを見た。尺余のメスが心臓を突き　鉄槌が脳天を割ると　牛は敢えなく膝を折った。素早く腹が裂かれ　鮮血がたっぷり　若草を浸たしたとき　牛の尻の穴から先を争って逃げ出す無数の寄生虫を目撃した。

生き残ったつもりでいた。

日々を慰安が

さみしい心の人に風が吹く
さみしい心の人が枯れる
W・B・イエーツ

日々を慰安が

吹き荒れる。

慰安が
さみしい心の人に吹く。
さみしい心の人が枯れる。

明るい
機智に富んだ
クイズを
さみしい心の人が作る。
明るい
機智に富んだ
クイズを
さみしい心の人が解く。

慰安が笑い

ささやき
うたうとき
さみしい心の人が枯れる。
枯れる。
なやみが枯れる。
ねがいが枯れる。
言葉が枯れる。

刃

なめらかに圭角のとれた

かしこい小石を
思うさま　砕いてやりたい。
砕かれて飛散する忍従を見たい。
収拾できない破片の上に
呆然と立つ恥辱を見たい。
むきだしにとんがった刃からすべてを
はじめるようにしてやりたい。
するどく他を傷つけ　自らも傷つく刃から
すべてをはじめるようにしてやりたい。
刃を自他に容赦しない　無数の石の
かけらの間から
新しい思索と生甲斐とが
苦痛と共に語りはじめられるのを
聞きたい。

奈々子に

赤い林檎の頬をして
眠っている　奈々子。

お前のお母さんの頬の赤さは
そっくり
奈々子の頬にいってしまって
ひところのお母さんの
つややかな頬は少し青ざめた
お父さんにも　ちょっと
酸っぱい思いがふえた。

唐突だが
奈々子

お父さんは　お前に
多くを期待しないだろう。
ひとが
ほかからの期待に応えようとして
どんなに
自分を駄目にしてしまうか
お父さんは　はっきり
知ってしまったから。

お父さんが
お前にあげたいものは
健康と
自分を愛する心だ。

ひとが
ひとでなくなるのは

自分を愛することをやめるときだ。
自分を愛することをやめるとき
ひとは
他人を愛することをやめ
世界を見失ってしまう。

自分があるとき
他人があり
世界がある。

お父さんにも
お母さんにも
酸っぱい苦労がふえた。

苦労は

今は
お前にあげられない。

お前にあげたいものは
香りのよい健康と
かちとるにむづかしく
はぐくむにむづかしい
自分を愛する心だ。

ひとに

美しいひとよ
あなたの美しさはあなたのものに相違ないけれど
あなただけの所有ではなく
あなたの美しさを愛するひとすべての

所有であることを
あなたに教えたのは私だ
美しさを愛するすべてのひとは
美しさが誰のものであれ
遠慮なしにそれを愛し所有していいので
あなたも
たくさんのひとから愛されることを
拒むことは出来ない
だから　あなたが
やさしさをこめて
誰彼の区別なしに美しさを分かち
たくさんのひとの賞讃するにまかせ
所有されるままになっているのは
素直なあなたにふさわしい振舞いに違いない
私はこのことについて
今更　私の言葉を改めるつもりは

毛頭なく
私も
あなたを愛するたくさんのひとの
そのうちの
一人であるにすぎず
一人であることに満足せねばならないのだけれど
今一度
私の親身な教訓を聞いてもらいたい
与えるにしろ
受けとるにしろ
完璧なひとつでなければならないもの
つまり
心
に限っては
到るところの多くのひとに
分け持たせるというわけにはゆかず

唯一人をえらばなくてはならぬ
ということがそれだ
美については
たくさんのひとの所有を認め
美の源である心については
唯一人の所有しか認めていけないと
言うとき
その条理が矛盾していることは
私の百も承知のことで
この撞着した言い方に
条理を与えるものがもしあるとすれば
それは
ひとを
完璧なひとつのまま独占したいという
無法な感情の条理だけであり
私が今

この無法な感情を認めて
あなたを欲しいというとき
臆面もなく奇態な条理を弄するのを
聞き入れてもらいたい
美しいひとよ

身も心も

身体は
心と一緒なので
心のゆくところについてゆく。

心が　愛する人にゆくとき
身体も　愛する人にゆく。
身も心も。

清い心にはげまされ
身体が　初めての愛のしぐさに
みちびかれたとき
心が　すべをもはや知らないのを
身体は驚きをもってみた。

おずおずとした　ためらいを脱ぎ
身体が強く強くなるのを
心は仰いだ　しもべのように。

強い身体が　心をはげまし
愛のしぐさをくりかえすとき
心がおくれ　ためらうのを
身体は驚きをもってみた。

心は
身体と一緒なので
身体のゆくところについてゆく。
身体が　愛する人にゆくとき
心も　愛する人にゆく。
身も心も?

雪の日に

――誠実でありたい。
そんなねがいを
どこから手に入れた。

それは　すでに
欺くことでしかないのに。

それが突然わかってしまった雪の
かなしみの上に　新しい雪が　ひたひたと
かさなっている。

雪は　一度　世界を包んでしまうと
そのあと　限りなく降りつづけねばならない。
純白をあとからあとからかさねてゆかないと
雪のよごれをかくすことが出来ないのだ。

誠実が　誠実を
どうしたら欺かないでいることが出来るか
それが　もはや
誠実の手には負えなくなってしまったかの

ように
雪は今日も降っている。

雪の上に雪が
その上から雪が
たとえようのない重さで
ひたひたと　かさねられてゆく。
かさなってゆく。

美貌と心と

男の願いは横暴だ。
美貌の女を望んで居ながら
その上
彼女に　美貌を知らないよう

望む。
花は花の美しさを知らない
と言って女を困らす。
善行と知らずに善行をやるよう
心に望むのと同じだ。
もし美貌が美貌に気付かぬ様子をしたり
心が善行を善行と知らずにやるように
ふるまうとしたら
大層　不自然なことだ。
ところで
どちらも自然にふるまうとして
美貌は　美貌に満足し
楽しんで化粧することが出来るのに
心は　苦心して化粧を剝ぎ落とし
自分を責めなければ面目ないので
少し可哀想だ。

初めての児に

お前がうまれて間もない日。

禿鷹のように
そのひとたちはやってきて
黒い皮鞄のふたを
あけたりしめたりした。

生命保険の勧誘員だった。

(ずいぶん　お耳が早い)
私が驚いてみせると
そのひとたちは笑って答えた。

〈匂いが届きますから〉

顔の貌《かたち》さえさだまらぬ
やわらかなお前の身体の
どこに
私は小さな死を
わけあたえたのだろう。

もう
かんばしい匂いを
ただよはせていた　というではないか。

父

何故　生まれねばならなかったか。

子供が　それを父に問うことをせず
ひとり耐えつづけている間
父は　きびしく無視されるだろう。
そうして　父は
耐えねばならないだろう。

子供が　彼の生を引受けようと
決意するときも　なお
父は　やさしく避けられているだろう。
父は　そうして
やさしさにも耐えねばならないだろう。

I was born

確か　英語を習い始めて間もない頃だ。

或る夏の宵。父と一緒に寺の境内を歩いてゆくと　青い夕靄《ゆうもや》の奥から浮き出るように　白い女がこちらへやってくる。物憂げに　ゆっくりと。

女は身重らしかった。父に気兼ねをしながらも僕は女の腹から眼を離さなかった。頭を下にした胎児の　柔軟なうごめきを　腹のあたりに連想しそれがやがて　世に生まれ出ることの不思議に打たれていた。

女はゆき過ぎた。

少年の思いは飛躍しやすい。その時　僕は〈生まれる〉ということがまさしく〈受身〉である訳を　ふと諒解した。僕は興奮して父に話しかけた。

——やっぱり I was born なんだね——

父は怪訝《けげん》そうに僕の顔をのぞきこんだ。僕は繰り返した。

——I was born さ。受身形だよ。正しく言うと人間は生まれさせられるんだ。自分の意志ではないんだね——

その時　どんな驚きで　父は息子の言葉を聞いたか。僕の表情が単に無邪気として父の眼にうつり得たか。それを察するには　僕はまだ余りに幼なかった。僕にとってこの事は文法上の単純な発見に過ぎなかったのだから。

父は無言で暫く歩いた後　思いがけない話をした。

——蜉蝣《かげろう》という虫はね。生まれてから二、三日で死ぬんだそうだが　それなら一体　何の為に世の中へ出てくるのかと　そんな事がひどく気になった頃があってね——

僕は父を見た。父は続けた。

——友人にその話をしたら　或日　これが蜉蝣の雌だといって拡大鏡で見せてくれた。説明によると　口は全く退化して食物を摂るに適しない。胃の腑を開いても　入っているのは空気ばかり。見ると　その通りなんだ。ところが　卵だけは腹の中にぎっしり充満していて　ほっそりした胸の方にまで及んでいる。それはまるで　目まぐるしく繰り返される生き死にの悲しみが　咽喉もとまで　こみあげているように見えるのだ。淋しい　光りの粒々だったね。私が友人の方を振り向いて〈卵〉というと　彼も肯いて答えた。〈せつなげだね〉。そんなことがあってから間もなくのことだったんだよ、お母さんがお前を生み落としてすぐに死なれたのは――。

父の話のそれからあとは　もう覚えていない。ただひとつ痛みのように切なく　僕の脳裡に灼きついたものがあった。
――ほっそりした母の　胸の方まで　息苦しくふさいでいた白い僕の肉体――。

註　終りから九行目、〈淋しい　光りの粒々だったね〉は、『幻・方法』に再録のとき、〈つめたい光りの粒々だったね〉に改めました。

かたつむり

自分の中に
じっと　とどまっていることが
なぜ　こんなに耐えがたいのか。

どのみち　ひとは
自分を抜け出なくてはならぬ。
自分を置き去りにするにしろ
自分を引き寄せるにしろ　だ。

つまり　自分を自分の外へ連れ出して
未知の可能性を試みなくてはならぬ。

登山者が　山裾から頂上に近く
徐々にベースキャンプを引き上げるのと
同じだ。
つまり　かたつむりと同じだ。
偵察のためにキャンプを出てゆく者は
キャンプと同体だ。

二つは　単に離れたのではなく
不即不離だ。

ところで
空屋《あきや》にして　つまり殻を置き去りにして
かたつむりが出歩くことがあって
(私は見たことがある。というよりはむしろ経験した覚えがある。そのと
き　それを　かたつむり　と呼んでいいのかどうかわからないのだけれど)
ゆっくり殻を引きずっているもうひとつの

かたつむりが心配そうな顔をすると
彼は　負け惜しみが強く
――あれは重くて
などといい乍《なが》ら
身軽になって死んでしまうのであった。

たそがれ

他人の時間を小作する者が
おのれに帰ろうとする
時刻だ。

他人の時間を耕す者が
おのれの時間の耕し方について
考えようとする
時刻だ。

荒れはてたおのれを
思い出す
時刻だ。

『幻・方法』

臍《ほぞ》を噛む
時刻だ。

他人の時間を耕す者が
おのれの時間を耕さねばならぬと
心に思う
時刻だ。

そうして
納屋の隅の
光の失せた鍬を
思い出す
時刻だ。

星

あまりに明るく
すべてが見えすぎる昼。
かえって
みずからを無《な》みするものが
空にはある。

有能であるよりほかに
ありようのない
サラリーマンの一人は
職場で
心を
無用な心を
昼の星のようにかくして

一日を耐える。

夕焼け

いつものことだが
電車は満員だった。
そして
いつものことだが
若者と娘が腰をおろし
としよりが立っていた。
うつむいていた娘が立って
としよりに席をゆずった。
そそくさととしよりが坐った。
礼も言わずにとしよりは次の駅で降りた。
娘は坐った。

別のとしよりが娘の前に
横あいから押されてきた。
娘はうつむいた。
しかし
又立って
席を
そのとしよりにゆずった。
としよりは次の駅で礼を言って降りた。
娘は坐った。
二度あることは　と言う通り
別のとしよりが娘の前に
押し出された。
可哀想に
娘はうつむいて
そして今度は席を立たなかった。
次の駅も

次の駅も
下唇をキュッと噛んで
身体をこわばらせて――。
僕は電車を降りた。
固くなってうつむいて
娘はどこまで行ったろう。
やさしい心の持主は
いつでもどこでも
われにもあらず受難者となる。
何故って
やさしい心の持主は
他人のつらさを自分のつらさのように
感じるから。
やさしい心に責められながら
娘はどこまでゆけるだろう。
下唇を噛んで

つらい気持で
美しい夕焼けも見ないで。

夏の夜の子守唄

夜更けに起きているのは
騒々しい停車場と
寝つきの悪い赤ん坊と
疲れてうとうとしている若い母。

シャボン玉のようにこわれやすい
母のまどろみの中の
明るいプラットフォームには
機関車がシュルシュル
蒸気を吐いてすべりこんだり。

汽笛がかすれた咽喉で
出発を知らせたり。

入替線では　拡声器が
貨車と貨車とをつなげたりはなしたり
また威勢よくぶっつけたり。

そのたびに
母のまどろみは　はじけ
赤ん坊が眼をさます。

しきりにむずかる赤ん坊の傍で
うとうとしながら　母はなげく。
〈停車場も　いい加減にして
　やすんだらいいのに……〉

夜更けに起きているのは
寝つきの悪い停車場と
疲れてうとうとしている若い母と
泣き止んで
黒い眼を大きく開いた赤ん坊と。

岩　が

岩が　しぶきをあげ
流れに逆らっていた。
岩の横を　川上へ
強靭な尾をもった魚が　力強く
ひっそりと　泳いですぎた。
逆らうにしても

それぞれに特有な
そして精いっぱいな
仕方があるもの。
魚が岩を憐れんだり
岩が魚を卑しめたりしないのが
いかにも爽やかだ。
流れは豊かに
むしろ　卑屈なものたちを
押し流していた。

火の子

太陽は火なの?
そう、火のお母さんだ
火のお母さん?
山のてっぺんの火、製鉄所の火
どちらも、お母さんは太陽
火事は、太陽の子供?
ああ、とてもわんぱくなネ
太陽におっぱいある?
あるとも、そのおっぱいから
火のしぶきが飛んでくる
火のしぶき?
ひかりだよ、火の粉《こ》だよ

『10ワットの太陽』

火の粉はどこにもぐっちゃうのかしら?
樹の幹、砂浜、家の壁
私やお前の身体の中
あたしの身体の中に?
そうだよ、その火の種が
お前の中で大きく育つと
お前は誰かに恋をする
そして、しゃにむに生きたくなる
消えない火事になる

乳房に関する一章

若い娘——
あなたがどんなにつつましく
仕合わせに向かって控え目でいても

あなたの胸のふくらみは
青白く緊張し
不当と思えるほど上向きに突き出し
夏のうすものの下では
殆《ほとん》ど
とがってさえ見える。

それはまるで
能力以上の旅装をととのえた
盲の船首の
かがやかしい顔つきのようで
男を
恐怖でとらえるのに充分な形だ。
男は、だから
船の行手に立ちふさがる
きりたった岩の壁

あるいは
暗礁のような伴侶にすぎないのではないかと
心中、深く恥じもして
しかし素知らぬふりを押し通す。

つまり、男は
男の手に負えないあの乳房の
ただならぬ主張のふくらみを
男本位な
愛らしい、形の良い部分としか
女に教えないのだ。

鎮魂歌

死ぬことを強いる時間は

生きることを強いる横顔を持ち
タクトをとって休みなく
秋のあまたの虫たちを残酷なほど歌わせる。

さりげなく
歌の糸玉をころがし乍《なが》ら、糸を
次第に剝ぎとり捲きとってゆく
見えない手のように。

けれど、秋の虫たちは
歌を奪われるのでなく、まして
強いられて歌うのではなく
みずから求めて歌うかのごとく白熱し
強いられぬ唯一のものが歌
であるかのごとく声を高め、それを時間の

肉のうすい小さな耳にも聞かせようとして
倦むことを知らない。

素直な疑問符

小鳥に声をかけてみた
小鳥は不思議そうに首をかしげた。

わからないから
わからないと
素直にかしげた
あれは
自然な、首のひねり
てらわない美しい疑問符のかたち。

時に
風の如く
耳もとで鳴る
意味不明な訪れに
私もまた
素直にかしぐ、小鳥の首でありたい。

六月

六月の陽は暖かく風も少しは吹いて居て
皇居前広場の緑の衾《ふすま》の丘辺《おかべ》には白々と
月見草の花たちが咲き乱れて居た――
が、あれは確かに月見草の群れであったか？
確かにあれは月見草の群れであったか？

刻《とき》は六月の真昼どき、月見草と見たのは
ワイシャツ姿の男たちが芝生の上に腰をおろして
風に吹かれていた姿ではなかったか？

なぜ、月見草であって他の花ではなかったのか
なぜ、陽差しを弾《はじ》く花ではなかったのか
なぜ、うなだれて居るように見えたのか
なぜ、水を含んで居るように見えたのか

六月の陽に肌を灼こうと、せめて身体の
外側からなりと、熱と光を受けようと
男たちが、窓の小さな石の建物の中から
昼休み、其処《そこ》へ来て腰をおろしただけだったのに

顔

少しの風にも聡く頬笑む水のおもてのような
無傷な顔でいるほうがいい——そんな処《ところ》へ
こみで運ばれてゆく
朝の電車の中の、人々の仏頂面。

窓から吹きこんでくる風は涼しく
少しの演技も人々に求めず
不機嫌な内部にまでは干渉しないから
人々は遠慮のない仏頂面でいる。

人がほんとうに己の窓を開くときは
言葉はおおむね腹立たしい愚痴になる
心して愚痴を抑えていれば
仏頂面がむしろ自然であるだろう。

只この顔は商売と協調には不向きということ
になっていて、柔かに頸根を締められる。
僕は、商売の仕方がおかしいのだと思う。
仏頂面のままで単純な交換は出来ないか？

仕　事

停年で会社をやめたひとが
——ちょっと遊びに
といって僕の職場に顔を出した。
——退屈でしてねえ
——いいご身分じゃないか
——それが、一人きりだと落ちつかないんですよ
元同僚の傍の椅子に坐ったその頰はこけ
頭に白いものがふえている。

そのひとが慰《なぐ》さめられて帰ったあと
友人の一人がいう。
――驚いたな、仕事をしないと
　ああも老《ふ》けこむかね
向い側の同僚が断言する。
――人間は矢張り、働くように出来ているのさ
聞いていた僕の中の
一人は肯き他の一人は拒む。

そのひとが、別の日
にこにこしてあらわれた。
――仕事が見つかりましたよ
　小さな町工場ですがね

これが現代の幸福というものかもしれないが

なぜかしら僕は
ひところの彼のげっそりやせた顔がなつかしく
いまだに僕の心の壁に掛けている。

仕事にありついて若返った彼
あれは、何かを失ったあとの彼のような気がして。
ほんとうの彼ではないような気がして。

離婚式に出会う
——中国空想旅行記

ところは
可南省・土星人民公社の
文化宮。
一人の老爺と

一人の老婆が
たくさんの人にかこまれて
今しも
離婚式が始まろう
という。
私は一人の旅行者で
どうなることかとあやしんだ。
老爺と老婆は
したしい目くばせを互いにかわし
共に中央に進み出て
式は始まった。
老婆は
老爺に一礼し
やおら、事の次第を語り出した。
『私の夫は、その昔
無一文の私を憐れんで

結婚してくれました
ささやかな夫の学問をもとでに
百文《もん》を得、五十文を得
そして、ある日
不思議な人民公社は
生活《くらし》の心配を
二人から取りあげてしまい
互いの愛のありかにかかずらう
つらいゆとりを
二人の日々に投げこみました
憐れみに始まった結びつき
憐れみに始まった愛
憐れみも愛に変る——それにはしかし
限度があり
愛とは呼べぬ異質の砂が
曇らぬ真珠となって育つことに

私は気付き
二人は気付き
それを無惨に堪えたりはすまい
いつわりのなさをそのまま磨く
そういう時代になったのだからと
二人は離婚を決意しました
親切この上なかった夫に
私は、尽きぬ感謝を贈ります』
老爺は微笑し
人々は口々に明白《みんぱい》と言い
式は終った。

ヒューマン・スペース論

バスの運転手が

運転台に着くと
バスの運転手は
四角なバスである。

彼は
彼の内部に
客をのせて走る。

彼は
運ぶべき空間をもつ故に
その大きさまで
彼自身が拡大するのだ。

内部に配慮をみなぎらせ
外部への目覚めた皮膚をもち
荷電体のように走る

彼。

だからして彼は
彼の内部の乗客たちの
いつに変らぬ空間感覚のにぶさ
空間を合理的に使えない雑踏ぶりが
耐えがたくカンにさわるのだ。

乗客諸君
バスを運転してみろとは言わぬ
君自身を運転してみろ
肩幅がわかる筈《はず》だ
胸の厚みと
背中の在りかがわかる筈だ。

いや、その前に

君自身を満たしてみろ、君の配慮で。
外への目覚めた皮膚が出来るまで。

君が
君自身を配慮で満たすなら
町を、地球を、もちろんバスを
同じく君の配慮で満たす筈。

そこまで君自身を拡大したことがあるか
君自身を満たしたのと同じ原理で——。
他人の胸の厚みを
君自身の胸の厚みを感じるように
他人の運命を
君自身の運命と感じるように
君及び他人を
空間として感じたことがあったか。

もし感じたことがあるならば
君の空間を
他人の空間に対置し
共に時間の虚無の中に
愛で包んで帆を添えて
そっと置くだろう。

このことがわかれば
バスの運転手とも話が通じるのだが――。

修辞的鋳掛屋

わが団地村を訪れる鋳《い》掛屋《かけや》の口上。
「コウモリガサノ
ホネノオレタシュウリ。
ドビンノ
トウヅルマキノユルンダシュウリ。
ナベカマノ
アナノアイタシュウリ。
なんでもお申しつけください」

マイクを口に押し当てて
日曜ごとの訪問。
語順がおかしいので

『感傷旅行』

私は日曜ごとに訂正する。

「鍋釜の穴のあいた修理」を
「穴のあいた鍋釜の修理」に。
もしくは「穴のあいた鍋釜の、修理」に。

しかし
語順訂正にも拘わらず
「穴のあいた修理」の残像呪縛は強い。
余儀なく「てにをは」を変え
「穴のあいた鍋釜を修理」とする。

何度目の来訪だったろう。
私は鍋に穴をあけ
鋳掛屋の鼻先へ突き出した。
「穴のあいた修理」を頼む――。

夕方、穴はきれいにふさがれて鍋が戻ってきた。

「いらだっておいでのようですが――」

と鋳掛屋は微笑した。

「私は、夜毎、睡眠中のあなたを訪れていますが、ご存知ないでしょう。夜いっぱいかかって、人々の傷をふさぎ朝、立ち去るのですが、私の手で傷が癒やされたと思う人は、先《ま》ず、いないようです。

それが傷というものでしょう。

ですから、正確に〈穴のあいた修理〉としか、言いようがないのです」

伝道

若い娘が
わが家の鉄の扉を叩き
神についての福音の書を読めという
勇気をふるい、私は素っ気なく答える
買っても読まないでしょうし
折角《せっかく》ですが――
微笑んだ娘のまっすぐな眼差しに会って
私のほうが眼を伏せる
申訳ないが――そう言って私は扉を閉じる
神を、私も知らぬわけではない

神をなつかしんでいるのは
娘さん、君より私のほうだ

けれど、どうして君は
こんな汚濁《おじょく》の世で
美しすぎる神を人に引合わせようというのだ

拒まれながら次々に戸を叩いてゆく
剛直な娘に
なぜか私は、腹立たしさを覚える

私なら
神を信じても
人に、神を信ぜよとは言わない

娘さん

どうして君は、微笑んで
世の中を、人を、まっすぐ見つめるのだ

ここは重い鉄の扉ばかりの団地だ
君は、どの扉へも
神をしのびこませることができなかったろう

君は、眼の前で
次々に閉じられる重い鉄の扉を
黙って見ていなければならなかったろう

娘さん、私は神が必要なのに
私は言った
買っても読まないでしょうと

香水
——グッド・ラック

五日間の休暇を終え
日本のテレビの画面から
ベトナムに帰るという
兵士に

グッド・ラック
司会者は
そう、餞《はなむ》けした

年は二十歳
恋人はまだいません
けわしい眉に微笑が走る

米国軍人・クラーク一等兵
司会者が聞いた
戦場に帰りたくないという気持が
少しはありますか

君が答えた
ありますが、コントロールしています
戦う心の拠りどころは
何ですか
――やはり、祖国の自由を守る
ということではないでしょうか

小柄で、眼が鋭い

細い線を曳いて迎えにくる一条の死
機敏に、避けよ、と
戦場は
君のわずかな贅肉をさらに殺《そ》ぎ
余分な脂肪と懐疑を抜きとり
筋肉を細く強く、しなやかにした

これだ
戦場の鍛えかたは

その戦場に帰ろうとする君の背に
グッド・ラック

祝福を与えようとして手に取り
——落として砕いてしまった

小さな高貴な香水瓶
の叫びのようだった言葉

グッド・ラック

なんて、ひどい生の破片、死の匂い

たちこめる強烈な匂いの中に
溶け入るよう
蒼白な画面に
君は
消えた

エド&ユキコ

米兵エドは死んだ。
ベトナムの空で。
操縦桿を握ったまま。

死ぬ前に
エドが
基地岩国《いわくに》の
ユキコさんに宛てた
いくつかの手紙。

その手紙が
TOKYOのテレビの
モーニングショー・スタジオで

司会者に読まれていた。

「気違いになるほど君が好きだ。
また、きっと君のところへ帰る。」

ユキコさんの後姿が
横からゆっくり
テレビの画面に入ってきた。

――司会者がユキコさんに聞いた。

エドさんはやさしかったんでしょう？

ええ、でもケンカもしました。

どんなことで？

彼は、仕合せのためには、カネなんか要らない、というんです。わたしは、カネも要るっていって、それでケンカになるんです。

——司会者は読んだ。

「お手紙とクッキーを有難う。でもお手紙が一番嬉しかった。今日は珍しく出撃しなかった。一日、何もしないでいる日なんて、ほんとうに珍しいんだ。この間、電気冷蔵庫を買ったとき君は、子供のように喜んだね。この次ぎは、何を買おうか。」

――司会者が聞いた。

電気冷蔵庫の次ぎは、何をお買いになりました？

エドが帰ってこなかったのです。

――ユキコさんは両手で顔を覆った。

ユキコさんは、九人兄妹のまんなかで一家の柱だそうですね。毎月仕送りをなさっているわけですか？

ええ。

もし、よろしかったら、どれくらいか仰言《おっしゃ》っていただけませんか？

三万円ほど。

エドさんとのおつき合いは十ヵ月ぐらいでしたね？

ええ。

英語はもう大分お出来になるんでしょう？

いえ、ほんの少し。

でもお二人でお話するには充分なんですね？

ええ、でも英語など覚えなければよかった。
言葉をよく知らなかったときのほうが
かえって、気持が通じ合いました。

エドさんについての一番の思い出は？

わたしは嘘をついていました。
それが一番――
彼には家族がありましたし、

――カメラがユキコさんの口元をとらえた。
ふるえていた。

エドは死んだ。
ベトナムの空で。
操縦桿を

握ったまま。

実　業

スポンサーの営業会議に出席した。

会議のあとの宴席で
話題が競争会社の倒産に及んだとき
果然
貴公子・若社長が言った。
〈あと二つや三つ、倒産してもらわないと
　これまでの苦労の甲斐がない〉
居並んで静かに献酬していた役員や
営業部員の腹の中に
その言葉は

音もなく
したたかに
しみこんだ、と私は見た。

夜おそく
駅まで私を送ってきた若い営業マンが
頬を紅潮させ乍《なが》ら私に語った。
〈首を賭けるほどスリリングな
営業をしたい〉

列車が駅を離れ
彼の姿が遠のいて
私の顔・一介のコピーライターの顔が
暗い窓ガラスにうつった。

顔をそむけ

私は思った。
首を賭けたいと言った紅顔の営業マン
敵を倒そうとしていた若社長の白皙の額
実業紀原始人
徒労を知らぬ実業の
逡巡なきエネルギーの化身を。
そして
かれらとはおよそ異質だった私を。

利を追う真摯な熱情が
ほとばしり
飛びかい
殆《ほとん》どそれに淫されてさえいた人々の
昼の会議の快楽の中で
けうとく
け遠く

無力感に吹かれていた私。

列車は
闇の中を走っていた。
重い眠りへ　グラリと傾き乍ら
私は自嘲して呟いた
実業に処《ところ》を得ざるの徒、疲れて眠る、と。

眼・空・恋

私は断言する
見るに値するものがあったから
眼が出来たのだと

ぼんやり感受した明るい空を

はっきり見ようとして
皮膚の一ところが次第に透明な水晶体へと
変ってゆくさまを　私は思い描く

今一つ　私は断言する
美しいものは
眼の愛に射られて
より美しくなってゆくと

恋人を美しく彫り上げた眼を
君が持っているなら
私の断言を容れるだろう

妻　に

生まれることも
死ぬことも
人間への何かの遠い復讐かも知れない
と嵯峨さんはしたためた

確かに
それゆえ、男と女は
その復讐が永続するための
一組みの罠というほかない

私は、しかし
妻に重さがあると知って驚いた若い日の
甘美な困惑の中を今もさ迷う

多分、と私は思う
遠い復讐とは別の起源をもつ

遠い餞《はなむ》けがあったのだと、そして
女の身体に託され、男の心に重さを加える
不可思議な慈しみのようなものを
眠っている妻の傍でもて余したりする

註 「嵯峨さん」は、嵯峨信之さんのこと。第一連の詩句は、嵯峨さんの詩集『魂の中の死』所収〈広大な国――その他――〉の中の一節。

或る朝の

或る朝の　妻のクシャミに
珍しく　投げやりな感情がまじった
「変なクシャミ!」と子供は笑い

しかし　どのように変なのか
深くは追えよう筈がなかった

あの朝　妻は
身の周りの誰をも非難していなかった
只　普段は微笑や忍耐であったものを
束の間　誰にともなく　叩きつけたのだ
そして　自らも遅れて気付いたようだ　そのことに

真昼の銀座
光る車の洪水の中
大八車の老人が喚きながら車と競っていた
畜生　馬鹿野郎　畜生　馬鹿野郎――と
あれは殆ど私だった　私の罵声だった
妻のクシャミだって本当は

家族を残し　大八車の老人のように
駈け出す筈のものだったろうに

私は思い描く
大八車でガラガラ駈ける
彼女の軽やかな白い脛《はぎ》を
放たれて飛び去ってゆく彼女を

三　月

小さな万奈が
坐って、雛人形を見上げている。

印刷がずれたように
唇から朱がボッテリずれている白髪の媼《おうな》を見て

血が出ていると万奈が言う。
血がなくならないのかと心配する。

万奈が生まれる前から
白髪の媼は、ずっと、こうなのだ。
三月になると、蘇って
新しい血を垂らす。微笑を含んで。

万奈が、不安そうに
人形を見上げている。

註

万奈《まんな》＝次女の名

早春のバスの中で

まもなく母になりそうな若いひとが
膝の上で
白い小さな毛糸の靴下を編んでいる
まるで
彼女自身の繭の一部でも作っているように。

彼女にまだ残っている
少し甘やかな「娘」を
思い切りよく
きっぱりと
繭の内部に封じこめなければ
急いで自分を「母」へと完成させることが
できない

とでもいうように　無心に。

みずすまし

一滴の水銀のように　やや重く
水の面を凹ませて　浮いている
泳ぎまわっている
そして時折　ついと水にもぐる。

あれは暗示的な行為
浮くだけでなく　もぐること。

ぼくらがその上で生きている
日常という名の水面を考えるだけで
思い半ばにすぎよう――日常は分厚い。

水にもぐった　みずすまし
その深さはわずかでも
なにほどか　水の阻止に出会う筈《はず》。

身体を締めつけ　押し返す
水の力を知っていよう。

してみれば　みずすましが
水の表裏を往来し出没していることは
感嘆していいこと。

みずすましが死ぬと
水はその力をゆるめ
むくろを黙って水底へ抱きとってくれる
それは　みずすましには知らせない水の好意。

一年生

すぐ　日曜日の味をおぼえる
レンキュウなんていう言葉も
ハンカチ　ハナカミに追い回されながら
――夏休みが来る！
その前に最初の通信簿が来る
全部五でないと六でなし
せめて三三五五と散らばりたいが
一二一二の仏教渡来
「この子は　ちょっとマシな子かと
思っていたが　たいしたことはない
瓜の蔓《つる》に茄子《なすび》よナレ」とパパ叫ぶ
夏休みに絵日記は付きもの

絵日記に登録してもらうため
パパ勤めを休み家中で人の海・人の山へ
——二学期が来る！
テレビにばかりかじりついてッ
運動会が来る
千にも足らぬ万国旗がひるがえる
子供がころべばパパママ痛い
——冬休みが来る！
雑誌で見る通り　雪の結晶は六角形
雪は子供の熱い嘆息を浴びてふと溶ける
美しいものは　はかない
世界をジーンと感じるのはそんなとき
——春休み！
三寒四温が定石だが
通信簿はしつこく一歩進んで二歩下がる
ＣＭをおぼえるようにベンキョウも

というわけにはゆかず
二年生になる
子は親のくり返し　と思いたくもなろうが
いえいえ　どうして
素直にくり返してばかりはいない
遠からず親の時代をひっくり返す

註　仏教渡来の年・西暦五五二年が皇紀では一二一二年に当る。

海

海は　空に溶け入りたいという望みを
水平線で　かろうじて自制していた。
神への思慕を打ち切った恥多い人の
心の水位もこれに似ている。

なにげなく見れば
空と海とは連続した一枚の青い紙で
水平線は紙の折り目にすぎないのだが。

空は　満ちたる虚《うつろ》。
その色が　なぜ　こうも美しく
海に影を落とす？

考えず　静かに　いるとき
空の美しさは　海の深みに届くのに
ざわめき始めた海の
白い波頭には
もはや　映ることがない。

鎮魂歌

人は、どうして海にゆく？

人は舟
陸の上に、仮りに置かれた舟だから。
畳の夢に寝ていてさえ
背中を海が洗うから。

人は、どうして海で死ぬ？

人は舟
陸の上に、仮りに置かれた土の舟。
海の畳に寝るだけで
土の舟なら溶けるから。
人は舟、土で固めたもろい舟。

人は舟　土で固めたもろい舟。

湖

湖をのぞきこむものは　すべて
湖から　逆さに観察され
逆さに批評される。
しかも
高い山　高い樹は
低い山　低い樹より　深く
水底に沈められて。
さて
他を批評するだけで
自分を批評しない湖は
とらえている空の高さを

自分の深さだと信じている。
そんな湖を
いまいましく思っている風は
ときおり　湖面に一打ち浴びせ
湖の批評眼とやらを
あっさり　かき乱す。

釣り

釣針を呑みこんだまま
傷つきもせず
ゆるやかに流れる川。
釣針では
釣り上げることのできない川の沈黙。

小さな可憐なものだけが
ときおり
短い嘆声のようにきらめいて
釣り上げられてくる。
沈黙のしずくを
したたらせながら。

釣針の小細工を洗って過ぎる
ゆるやかな川の沈黙。

ざくろ

口をあいた　ざくろ――
去りゆく「時」になお呼びかけようと？
血のにじんだ歯を

口中　いっぱいにして
歯のいくつかは
すでに　こぼれかかっていて。

朱の花から　金の果実へ。
しかし
円満な美果に耐えられず
もう一度おのれを内部から割って
花のように咲こうと?
華麗な老年よ　ざくろよ
辛酸は変えようもなく――

石仏

――晩秋

うしろで
優雅な、低い話し声がする。
ふりかえると
人はいなくて
温顔の石仏が三体
ふっと
口をつぐんでしまわれた。
秋が余りに静かなので
石仏であることを
お忘れになって
お話などなさったらしい。
其処《そこ》だけ不思議なほど明るく
枯草が、こまかく揺れている。

六体の石の御仏

さる人の耐えがたき痛みを
一の石の仏　預かり給う。
一の仏の耐え給う痛みを
二の石の仏　預かり給う。
痛み　白き火の玉なして
二の仏より三の仏へ移り
六体の石の仏を転々と経めぐり
再び
一の仏より六の仏へと経めぐり
斯くて次第に衰えて消ゆ。
そのさま　異《ゐ》なり。
されど

仏に痛みを託して立ち去りし人
　そのさまを知らず。

種子について
――「時」の海を泳ぐ稚魚のようにすらりとした柿の種

人や鳥や獣たちが
柿の実を食べ、種を捨てる
――これは、おそらく「時」の計らい。

種子が、かりに
味も香りも良い果肉のようであったなら
貪欲な「現在」の舌を喜ばせ
果肉と共に食いつくされるだろう。
「時」は、それを避け

種子には好ましい味をつけなかった。

固い種子――
「現在」の評判や関心から無視され
それ故、流行に迎合する必要もなく
己を守り
「未来」への芽を
安全に内臓している種子。

人間の歴史にも
同時代の味覚に合わない種子があって
明日をひっそり担っていることが多い。

初冬懐卵

霜月、深夜。
酒に火照《ほて》った私の耳を、蚊が襲う。
今年の蚊は冬に入っても飛翔力が衰えない。
はらいのける手のつむじ風の圏外へ
蚊はやすやすと飛び去ってゆく。
耳たぶに残った痛みはかすかだが
なぜか痛みは
生きものの哀しみの方へとゆっくり拡がる。
あのように荒々しく血を奪うのは
蚊の腹の中の卵なのかも知れないと。
――この秋、家人がガラス鉢に鈴虫を飼った。
雄の鳴き声の途絶えた日
鉢の底に私は見た。

敷きつめた砂の上に
雄の、うすい翅《はね》が数枚淋しく散らばり
ごろりとふとった雌たちは
一声も発することなく
満ち足りて、よろめいていた。
その雌たちも今は死に絶え
卵を生みつけられている筈の砂だけが
ひっそりと、ガラス鉢の底に在る。

雪の日に

雪がはげしく　ふりつづける
雪の白さを　こらえながら
欺きやすい　雪の白さ

誰もが信じる　雪の白さ
信じられている雪は　せつない

どこに　純白な心など　あろう
どこに　汚《よご》れぬ雪など　あろう

雪がはげしく　ふりつづける
うわべの白さで　輝きながら
うわべの白さを　こらえながら

雪は　汚れぬものとして
いつまでも白いものとして
空の高みに生まれたのだ
その悲しみを　どうふらそう

雪はひとたび　ふりはじめると

あとからあとから　ふりつづく
雪の汚れを　かくすため

純白を　花びらのように　かさねていって
あとからあとから　かさねていって
雪の汚れを　かくすのだ

雪がはげしく　ふりつづける
雪はおのれを　どうしたら
欺かないで生きられるだろう
それが　もはや
みずからの手に負えなくなってしまったかのように
雪ははげしく　ふりつづける

雪の上に　雪が
その上から　雪が

たとえようのない　重さで
音もなく　かさなってゆく
かさねられてゆく
かさなってゆく　かさねられてゆく

註　合唱組曲『心の四季』の一つ。

室　内

厳冬
完全暖房ビルの一室で
快適に汗をかいているとき
外から電話、
――えらく冷えますね　芯から冷えますワ
こちら　ワイシャツ一枚。

ガラス戸越しに青空が見えていて
その色は温暖。

冬の民衆から
寒い陳情をもちこまれたときの
夏の代議士のように　私は
いや、代議士は
彼我の環境差を一瞬理解するが
選挙まではまだ間があるし
この環境差を今すぐどうせよと迫るわけでも
あるまいとタカをくくり
——ああ　骨まで冷えるね
とかなんとか言って調子を合わせている
ガラス戸越しに青空が見えていて
その色は温暖。

二月三十日の詩

お天気　一切わかりません
朝刊夕刊　ありません
鼻毛　伸びません
フケ　出ません
つうじ　ありません
日給　貰えません
アンノヤロオ　クタバレェとも言えません
利子　ふえません
酒　減りません
タイトル　移りません
泉が勢いよくふくれ上がるとき　水の中の小
粒の砂金が片寄りにふわりと押し上げられ
ひらめき　それが冬の陽に射られてキラリ光

ったりする　というようなのも
ありません
結婚　できません
アレ　できません
閣議　ありません
尤《もっと》も　関係ありません
弾丸に　羽根生えません
兵士　死にません
赤ちゃん　生まれません
恋人に　さわれません
好きダァ、好きダァ　と怒鳴れません
髭のある口から　歯糞　飛びません
私の死ぬほど嫌いな支配者　いません
しかし　私も　いません
君も

日付ゴム印に
ひっそりかくれています　二月三十日

新しい旅立ちの日

誕生まで
私は母と臍の緒で結ばれていた
満ち足りて。

産婆さんが駈けつけた日
私は母から　あっさり引き離され
誕生の日付と　新しい臍の緒を
私は贈られた
『吉野弘（一九二六～　　　　）』
というふうに

不安な空白を　更にその下に吊って。

けれど案ずることはなかった
見えない「わが死の母」は
すぐに私を拾い上げ
私に豊かな栄養を賜わってきた
この異な絆を通じて。

生涯の終り
私が完璧な死に成熟した日
「わが死の母」との強い絆も
おのずと切れる。

その日
私の新しい旅立ちの日を
かのやさしい手は

鮮やかに書きしるすことだろう
とっておきの　あの空白の部分に。

韓国語で

韓国語で
馬のことをマル（말）という。
言葉のことをマール（말）という。
言葉は、駈ける馬だった
熱い思いを伝えるための——。

韓国語で
目のことをヌン（눈）という。
雪のことをヌーン（눈）という。
天上の目よ、地上の何を見るために
まぶしげに降ってくるのか。

『北入曽』

韓国語で
一のことをイル（일）という。
仕事のことをイール（일）という。
一つ一つの地味な積み重ねが
仕事だ。

韓国語で
行くよということをカマ（가마）という。
輿《みこし》のことをカーマ（가마）という。
行くよという若い肩の上で
輿が激しく揉まれはじめる。

韓国語で
一周年のことをトル（돌）という。
石のことをトール（돌）という。
石の縞目に圧縮された、時の堆積――

一周年はどれだけの厚みだろう。

漢字喜遊曲

母は
舟の一族だろうか。
こころもち傾いているのは
どんな荷物を
積みすぎているせいか。

幸《さいわ》いの中の人知れぬ辛《つら》さ
そして時に
辛さを忘れてもいる幸い。
何が満たされて幸いになり
何が足らなくて辛いのか。

舞という字は
無に似ている。
舞の織りなすくさぐさの仮象
刻々　無のなかに流れ去り
しかし　幻を置いてゆく。

——かさねて
舞という字は
無に似ている。
舞の姿の多様な変幻
その内側に保たれる軽《かろ》やかな無心
舞と同じ動きの。

器の中の
哭。

割れる器の嘆声か
人という名の器のもろさを
哭《な》く声か。

過

日々を過ごす
日々を過《あやま》つ
二つは
一つことか
生きることは
そのまま過ちであるかもしれない日々
「いかが、お過ごしですか」と
はがきの初めに書いて
落ちつかない気分になる

「あなたはどんな過ちをしていますか」と
問い合わせでもするようで——

争う

静

青空を仰いでごらん。
青が争っている。
あのひしめきが
静かさというもの。

浄

流れる水は

いつも自分と争っている。
それが浄化のダイナミックス。
溜り水の透明は
沈澱物の上澄み、紛《まが》いの清浄。
河をせきとめたダム
その水は澄んで死ぬ。
ダムの安逸から放たれてくる水は
土地を肥やす力がないと
農に携わる人々が歎くそうな。

生命は

生命は
自分自身だけでは完結できないように
つくられているらしい

花も
めしべとおしべが揃っているだけでは
不充分で
虫や風が訪れて
めしべとおしべを仲立ちする
生命は
その中に欠如を抱き
それを他者から満たしてもらうのだ

世界は多分
他者の総和
しかし
互いに
欠如を満たすなどとは
知りもせず
知らされもせず

ばらまかれている者同士
無関心でいられる間柄
ときに
うとましく思うことさえも許されている間柄
そのように
世界がゆるやかに構成されているのは
なぜ？

花が咲いている
すぐ近くまで
虻《あぶ》の姿をした他者が
光をまとって飛んできている

私も　あるとき
誰かのための虻だったろう

あなたも　あるとき
私のための風だったかもしれない

茶の花おぼえがき

井戸端園の若旦那が、或る日、私に話してくれました。

「施肥《せひ》が充分で栄養状態のいい茶の木には、花がほとんど咲きません。」

花は、言うまでもなく植物の繁殖器官、次の世代へ生命を受け継がせるための種子をつくる器官です。その花を、植物が準備しなくなるのは、終りのない生命を幻覚できるほどの、エネルギーの充足状態が内部に生じるからでしょうか。

死を超えることのできない生命が、超えようとするいとなみ──それが繁殖ですが、そのいとなみを忘れさせるほどの生の充溢を、肥料が植物の内部に注ぎこむことは驚きです。幸福か不幸かは、別として。

施肥を打ち切って放置すると、茶の木は再び花を咲かせるそうです。多分、永遠を夢見させてはくれないほどの、天与の栄養状態に戻るのでしょう。

茶は、もともと種子でふえる植物ですが、現在、茶園で栽培されている茶の木の殆《ほとん》どは挿し木もしくは取り木という方法でふやされています。

井戸端園の若旦那から、こんな話を聞くことになったのは、私が茶所・狭山に引越した年の翌春、彼岸ごろ、たまたま、取り木という苗木づくりの作業を、家の近くで見たことがきっかけです。

取り木は、挿し木と、ほぼ同じ原理の繁殖法ですが、挿し木が、枝を親木から切り離して土に挿しこむところを、取り木の場合は、皮一枚つなげた状態で枝を折り、折り口を土に挿しこむのです。親木とは皮一枚でつながっていて、栄養を補給される通路が残されているわけです。

茶の木は、根もとからたくさんの枝に分かれて成長しますから、かまぼこ型に仕上げられた茶の木の畝《うね》を縦に切ったと仮定すれば、その断面図は、枝がまるで扇でもひろげたようにひろがり、縁《へり》が、密生した葉で覆われています。取り木は、その枝の主要なものを、横に引き出し、中ほどをポキリと折って、折り口を土に挿しこみ、地面に這った部分は、根もとへと引き戻されないよう、逆U字型の割り竹で上から押え、固定します。土の中の枝の基部に根が生えたころ、親木とつながっている部分は切断され、一本の独立した苗木になるわけですが、取り木作業をぼんやり見ている限りでは、尺余の高さで枝先の揃っている広い茶畑が、みるみる、地面に這いつくばってゆくという光景です。

もともと、種子でふえる茶の木を、このような方法でふやすようになった理由は、種子には変種を生じることが多く、また、交配によって作った新種は、種子による繁殖を繰り返している過程で、元の品種のいずれか一方の性質に戻る傾向があるからです。これでは茶の品質を一定に保つ上に不都合がある。そこで試みられたのが、取り木、挿し木という繁殖法でした。この方法でふやされた苗木は、遺伝的に、親木の特性をそのまま受け継ぐことが判り、昭和初期以後、急速に普及して現在に至っているそうです。

話を本筋に戻しますと——充分な肥料を施された茶の木が花を咲かせなくなるということは、茶園を経営する上で、何等の不都合もないどころか、かえって好都合なのです。新品種を作り出す場合のほか、種子は不要なのです。

また、花は、植物の栄養を大量に消費するものだそうで、花を咲くにまかせておくと、それだけ、葉にまわる栄養が減るわけです。ここでも、花は、咲かないに越したことはないのです。

「随分、人間本位な木に作り変えられているわけです」若旦那は笑いながらそう言い、「茶畑では、茶の木がみんな栄養生長という状態に置かれている」とつけ加えてくれました。

外からの間断ない栄養攻め、その苦渋が、内部でいつのまにか安息とうたた寝に変っているような、けだるい生長——そんな状態を私は、栄養生長という言葉に感じました。

で、私は聞きました。

「花を咲かせて種子をつくる、そういう、普通の生長は、何と言うのですか？」

「成熟生長、と言ってます」

成熟が、死ぬことであったとは！

栄養生長と成熟生長という二つの言葉の不意打ちに会った私は、二つの生長を瞬時に体験してしまった一株の茶の木でもありました。それを私は、こんなふうに思い出すことができます。

——過度な栄養が残りなく私の体外へ脱け落ち、重苦しい脂肪のマントを脱いだように私は身軽になり、快い空腹をおぼえる。脱ぎ捨てたものと入れ替りに、長く忘れていた鋭い死の予感が、土の中の私の足先から、膕《ひかがみ》から、皮膚のくまぐまから、清水のようにしみこみ、刻々、満ちてくる。満ちるより早く、それは私の胸へ咽喉へ駈けのぼり、私の睫《まつげ》に、眉に、頭髪に、振り上げた手の指先に、白い無数の花となってはじける。まるで、私自身の終りを眺める快活な明るい末期《まつご》の瞳《め》のように——

その後、かなりの日を置いて、同じ若旦那から聞いた話に、こういうのがありました。

——長い間、肥料を吸収しつづけた茶の木が老化して、もはや吸収力をも失ってしまったとき、一斉に花を咲き揃えます。

花とは何かを、これ以上鮮烈に語ることができるでしょうか。

追而、

茶畑の茶の木は、肥料を与えられない茶の木、たとえば生垣代りのものや、境界代りのものにくらべて花が少ないことは確かです。しかし、花はやはり咲きます。木の下枝の先に着くため、あまり目立たないというだけです。その花を見て私は思うのです。どんな潤沢な栄養に満たされても、茶の木が死から完全に解放されることなどあり得ない、彼等もまた、死と生の間で揺れ動いて花を咲かせている。生命から死を追い出すなんて、できる筈《はず》はないと。

＊

註　井戸端園の若旦那から、あとで聞いたところによると、成熟生長は「生殖生長」とも謂う。

栄養生長、生殖生長については、田口亮平氏の著書「植物生理学大要」の中に詳しい説明がある。それによると、この二つの生長は、植物が一生の間に経過する二つの段階であって、種子発芽後、茎、葉、根が生長することを「栄養生長」と謂う。（茎、葉、根が、植物の栄養器官と呼ばれるところからこの名がある）

栄養生長が進み、植物がある大きさに達すると、それまで葉を形成していた箇所(生長点)に、花芽もしくは幼穂が形成されるようになり、それが次第に発達し、蕾、花、果実、種子等の生殖器官を形成する。この過程が「生殖生長」である。

井戸端園の若主人から当初聞かされた言葉が、かりに「成熟生長」でなくて「生殖生長」であったらこの「茶の花おぼえがき」は、おそらく書けなかったろう。成熟は生殖を包含できるように思えるが、生殖は成熟という概念を包みきれないように思う。また、彼から「栄養生長」という言葉を聞いたときその内容を確かめもせず一人合点したことを「植物生理学大要」を読んで知ったが、理解の不充分だったことが、かえって鮮烈に「成熟」という言葉に出会う結果となったようだ。

なお、栄養生長、生殖生長の二語は、植物のどの部分を収穫の対象にするかを考えるときに便利な概念である。茎、葉、根を収穫の対象とする場合は、栄養生長を助長すればいいし、花、果実、種子を収穫対象とする場合は、生殖生長を助長すればいい。茶の場合は、言うまでもなく前者で、若主人が「茶畑の茶の木はみな栄養生長の状態にある」と言ってくれたのは、葉の収穫を最重点に管理している畑の状態を指していたわけである。

種子繁殖に対し、葉、茎、根の一部を分離してふやす方法を栄養繁殖と言う。これは、前述した通り葉、茎、根が植物の栄養体もしくは栄養器官と呼ばれるところから、その名がある。栄養繁殖は、球根植物やその他の植物の間では自然に行なわれていることで、サツマイモ、ユリ、タマネギ、クワイなどは、自然に栄養繁殖を行なっている例である。茶の木の場合の取り木は、いわば人為的栄養繁殖である。ただ、この作品の中では「栄養生長」との混乱を避けるため、用いなかった。

因みに、狭山「市の花」はツツジであって、茶の花ではない。「市の木」として「茶の木」が指定されている。茶の花は茶所を代表していないわけだ。

台風

九州・近畿・東海を舐めた雨台風二十三号が朝から関東一円を襲っていた。夏休みも今日限りという八月末日。

夜、私が濡れねずみで帰宅すると、襖越《ふすまご》しの次女に聞えぬよう、妻が小声で告げた。

「甲虫がとうとう死んだの。それで、あの子今まで泣いて泣いて……」。鳥や虫の小さい生命の消えるたびに、いつも事新しく悲しむ次女が、哀れにもまた好ましかったので、そのとき私は、なんとなく微笑した。明けての朝は二学期初めの登校日。曇り空だが雨はあがっていた。「帰ってから花壇に埋めるから預かってネ」――次女はそう言い、ちり紙に包んだ甲虫を私の机に置いて登校した。

あとで紙包みを開いてみた。甲虫は生きていた。後足がかすかに動く。「まだ生きてるじゃないか！」――予期せぬ驚きが声になった。台所にいた妻が、信じられないという顔で甲虫を覗きに来た。砂糖水を含ませた綿きれを、妻は甲虫の口に当てがい、吸う力のない様をしばらく見つめていた。

六本の足のうち前四本は萎縮しこわばって胸を抱き、後足だけ踏んばっているので、跪《ひざまず》いている姿勢だ。後足を弱々しく伸ばすと尻がかすかに持ち上がる。身内に湛えた稀有なこわれやすさを大切にどこかへ運んでゆこうとでもしているようだ。

頭部と胴体の境い目の、ややくびれた部分に、私は意味もなく水滴をこぼした。腹にも、と思って甲虫をつまんだが、その軽かったこと！　何かが抜け出てしまわなければ、こんな軽さになる筈はないと思われるような。

一対の後足だけが、なおも、ゆっくりともがく。どんなに追いつめられたときでも、生命は生命を証明しなくてはいけない――とでもいうように。しかし、緩慢な死が、二本の足の先まで達するのは、時間の問題にすぎなかった。

台風二十三号が鹿島灘沖に去ったことを、ラジオが報じていた。台風は日本列島を吹き荒れて、夏を洋上に蹴落してしまったが、昨日は、一晩中、この甲虫の身体の中でも、台風が吹きすさんでいたのだ。しかし今朝、甲虫の夏は、痙攣する後足の先から、ひっそりと哀惜をこめて立ち去ろうとしていた。

虹の足

雨があがって

雲間から
乾麵みたいに真直《まっすぐ》な
陽射しがたくさん地上に刺さり
行手に榛名山《はるなさん》が見えたころ
山路を登るバスの中で見たのだ、虹の足を。
眼下にひろがる田圃の上に
虹がそっと足を下ろしたのを！
野面《のづら》にすらりと足を置いて
虹のアーチが軽やかに
すっくと空に立ったのを！
その虹の足の底に
小さな村といくつかの家が
すっぽり抱かれて染められていたのだ。
それなのに
家から飛び出して虹の足にさわろうとする人影は見えない。
――おーい、君の家が虹の中にあるぞオ

乗客たちは頬を火照《ほて》らせ
野面に立った虹の足に見とれた。
多分、あれはバスの中の僕らには見えて
村の人々には見えないのだ。
そんなこともあるのだろう
他人には見えて
自分には見えない幸福の中で
格別驚きもせず
幸福に生きていることが――。

秋の傷

奥さまがお有りのあの方と、私は歩いた
川岸にひろがる丈高い葦の茂みを
われ乍《なが》ら軽薄と思う冗談をふりまいて

「気をつけないと傷つきますよ」
あの方が、そうおっしゃった
それは葦の葉の鋭い切っ先のことでしたが
私は、こんなふうに聞きたかった
「僕を信用しすぎてはいけません」
――言うならば、何事かへの歯止め……
私は首をすくめた「小説の読みすぎだわ!」

葦の茂みをぬけると
あの方は笑って手の甲の傷を私に見せた
「君に注意したくせに僕が切られている」

あの方をお誘いしたのは私だったのに
私は傷を負わなかった
あの日、私は傷がほしかった

あの方と葦の茂みを歩いた確かな証拠に

鏡による相聞歌

あなたは鏡
わたしをとりこにしていながら
わたし自身を一歩も踏みこませない

無理にもあなたに入ろうとすれば
わたしより先に　罅《ひび》が入る
鋭い裂傷・拒絶の柵が
わたしの前に立ちふさがる

わたしは鏡
あなたをとりこにしていながら

あなた自身をとりこにしてはいない
あなた自身をとりこにしようとすれば
あなたの愛の踏みこんでくる
力づくな一瞬を待つほかない
そのとき　あなたから受ける傷
わたしの仮りの拒絶の柵
あなたが　くぐらねばならぬ柵
それなのに
あなたは立ちすくんでいらっしゃる
砕かれることとさえ
わたしは恐れていないのに

ほぐす

小包みの紐の結び目をほぐしながら
思ってみる
——結ぶときより、ほぐすとき
すこしの辛抱が要るようだと

人と人との愛欲の
日々に連らねる熱い結び目も
冷めてからあと、ほぐさねばならないとき
多くのつらい時を費すように

紐であれ、愛欲であれ、結ぶときは
「結ぶ」とも気付かぬのではないか
ほぐすときになって、はじめて
結んだことに気付くのではないか

だから、別れる二人は、それぞれに

記憶の中の、入りくんだ縺《もつ》れに手を当て
結び目のどれもが思いのほか固いのを
涙もなしに、なつかしむのではないか

互いのきづなを
あとで断つことになろうなどとは
万に一つも考えていなかった日の幸福の結び目
——その確かな証拠を見つけでもしたように

小包みの紐の結び目って
どうしてこうも固いんだろう、などと
呟きながらほぐした日もあったのを
寒々と、思い出したりして

二月の小舟

冬を運び出すにしては
小さすぎる舟です。
春を運びこむにしても
小さすぎる舟です。

ですから、時間が掛かるでしょう
冬が春になるまでは。
川の胸乳《むなち》がふくらむまでは
まだまだ、時間が掛かるでしょう。

小さな出来事

雨があがり
雲がゆっくり流れてゆく

すこし前
ひととき
田面《たのも》の水を唄わせた雨
ひととき
田植えの人を濡らした雨
そして　ひととき
早乙女の一人を泣かせた雨
——生きることには
　　言いようのない悲しみがある
背中にポツリと大粒の雨が来たとき

その悲しみを彼女は思い出した
泣こうと思った　そして泣いた
さりげなく空を仰ぎ
目の熱を雨のシャワーに洗わせて

雨があがり
雲がゆっくり流れてゆく

田植えを終えて家路につく人々
その中の一人が　すこし前
雨にまぎれて巧みに泣いた

忘れられて
——漁村小景

ひっそりした村の通りで
ゴムまりは、長いこと
子供の掌と空の間を往復していた

働きに出た親たちは
子供たちを、きれいさっぱり忘れているだろう
病気がちの年寄りのことは忘れないだろう

不幸は、脳裡に
重石《おもし》のように宿ってしまうが
幸福は、むしろ
軽やかに忘れられるのだ

もちろん
頑健な親たちも
子供たちから、きれいに忘れられて

自分自身に

他人を励ますことはできても
自分を励ますことは難しい
だから――というべきか
しかし――というべきか
自分がまだひらく花だと
思える間はそう思うがいい
すこしの気恥ずかしさに耐え
すこしの無理をしてでも
淡い賑やかさのなかに

自分を遊ばせておくがいい

樹

人もまた、一本の樹ではなかろうか。
樹の自己主張が枝を張り出すように
人のそれも、見えない枝を四方に張り出す。

身近な者同士、許し合えぬことが多いのは
枝と枝とが深く交差するからだ。
それとは知らず、いらだって身をよじり
互いに傷つき折れたりもする。

仕方のないことだ
枝を張らない自我なんて、ない。

しかも人は、生きるために歩き回る樹
互いに刃をまじえぬ筈がない。

枝の繁茂しすぎた山野の樹は
風の力を借りて梢を激しく打ち合わせ
密生した枝を払い落す――と
庭師の語るのを聞いたことがある。

人は、どうなのだろう?
剪定鋏を私自身の内部に入れ、小暗い自我を
刈りこんだ記憶は、まだ、ないけれど。

豊かに

塚本正勝さん

四十五歳
元・三井三池炭礦の優秀な採炭夫
現在
大牟田労災療養所で
四十四人の同僚患者と共に
神経機能障害回復のための
訓練の日々を送っている。

昭和三十八年十一月九日
第一斜坑で大規模な炭塵爆発事故発生。
一千四百人の被害者中
九百四十人は救出されたが
内、八百三十九人が
一酸化炭素中毒のため神経機能麻痺。
大部分の人は
治癒の見込みのないまま

現在まで
十年間のうつろな時を積みかさねている。

療養所の一室で
塚本さんが今
他の患者たちと
言語機能の回復訓練を受けている。

文字を書いた紙が
左右の黒板に何枚かずつ貼ってある。
その中の二枚を一組みにして
意味の通る言葉にする。

塚本さんが椅子から立ち上がった。
その背に、同僚の声援と拍手が飛んだ。
右の黒板から

「豊かにする」と書かれた紙を剝がし
左の黒板の前に立ち
少し考えて
「苦労を」と書かれた紙の下に貼りつけた。
――苦労を・豊かにする――。
塚本さんが
陰にいるもう一人の塚本さんの手を借りて
自分の運命を正確に揶揄《やゆ》してみせたかの
ように。

馬鹿笑いをする患者がいる。
「いいぞいいぞ」と言う患者がいる。
「ちがうぞ」と怒鳴る患者もいる。
塚本さんはニコニコして椅子に戻る。
「豊かにする」筈《はず》だった

「くらしを」は
置き去りにされて。

食べ盛りの三人の子をかかえ
奥さん　みすえさん（四十五歳）は
この十年
ずっと働き通しだった。
そして淋しく笑う。
「主婦ちゅうもんは、大体、男に頼って生きとっとです。それが、頼れん
　男になったとですよ。」

塚本さんは
成長した長男の結婚を知らない。
「西洋剃刀だと、よく血ば出すから」
と電池剃刀を贈ってくれた次女を
知らない。

奥さんから何度聞かされても忘れてしまう。

被災から十年
いつまで療養所にいなければならないか
本人も家族も
医者も、知らない。

療養所のグランドで
塚本さんが
他の患者たちと野球をしている
まぶしい陽射しに眼を細めながら。

これまでの十年と
このあと自分に残された時間のすべてで
「苦労を豊かにする」
と証言したことも知らずに

受けそこねた運命みたいなボールを
笑顔で追いかけている。

オネスト・ジョン
——まだ、オネストは健在なりや？

オネスト・ジョンという名の
地対地ミサイルがあるそうな。
野戦用で
射程は二十八キロから三十六キロ。
日本風に言えば
きまじめ太郎というところか。
目標物まで
寸分の誤差もなく飛んでゆく
ある意志に誘導され

自動制禦しながら
正直とは俺のことだと美しく信じて――。

この国には、嘗《かつ》て
ジョージ・ワシントンという名の
正直少年がいた。
桜の幹を斧で切って
過ちを父にかくさなかった。
オネスト・ジョージの後裔が
オネスト・ジョンである。

ジョージは
正直という国語の運命について
ジョンに物言いたげである。
俺の正直が何か不都合かと
ジョンがジョージに聞く。

自分に正直だというとき
それが何者かに誘導されたものなら
正直とは一体何か
ジョージ・ワシントンの困惑はそこなんだが
ジョンには、それがわからない。

ジョンは、いらだつ。
もしも俺が不正直だったら
祖国の命運は、どうなると思うんだ？

オネスト家の血統樹
約二百年をはさんだ親と子が
かなしくも対峙して。

挿話

僕の勤めている軍需会社に
五十名の「召集延期申請」が割当てられた。
(二万人にほぼ五十人の割りと聞いた)
労務重役の特命で
秘密裡に
僕が五十名を選び出した。
まず、労務重役の名を
次いで、勿論《もちろん》、僕の名を書き込み
それから、僕の知っている誰彼の顔を思い浮かべ
好きな者を選び出した。
人には言えないスリル。
四十九人選んで
五十人目に

棟割長屋の隣に住む
嫌な若僧の技師を書き込んだ。
その女房に僕がいかれていたからだ。
にやけた若僧が召集されて
あの女が泣くのは
見るに忍びなかった。
「召集延期申請書」は僕の原案通り
労務重役が決裁し
軍司令部に提出された。
が、
なんということ！
隣の若僧に召集令状が来た。
僕の作った延期申請書より一足早く
召集名簿を作った奴がいたのだ。
僕は
隣の女の嗚咽《おえつ》を妬んだ。

一日遅れて
僕に召集令状が来た。
召集名簿に僕の名を書き込んだ奴は不明だが
僕も、その不明な奴も
国家権力を代行した点では同じだ。
ただ、下位代行者が
上位代行者に無視されただけだ。

註　これは、佐藤総右氏詩集『がんがらがんの歌』に収められた、戦中回想記ふうな添えがき「ふぶきの齋」にヒントを得た。

魚を釣りながら思ったこと

人が、今住んでいる世界の外へ
不意に釣り上げられるとき
釣針のようなものは
身体のどこに食いこんでいるのだろう

けいれんしながら
呼吸の止まる所へ連れ出されるまでの
激しい狼狽と恐怖は
その人自身が持ち去ってゆくので
人の住む世界には残らない
水中の魚たちの世界でも同じことだろう

『風が吹くと』

稀《ま》れに、釣針を逃れて水中に帰った魚が
赤い糸のようなものを
口からしたたらせているのを
他の魚たちは明るい眼で
ふしぎそうに眺めるだけ

船は魚になりたがる

航海が長びくと
船は魚になりたがる
そして時には
本当に魚になって海にもぐり
それっきり
もう
水面には戻らない

魚になりそこねた船だけが
乗客を無事に港へ運ぶのです
魚になりそこねた船から桟橋に
ふらりふらりと
船酔いしながら降り立つ人は
まるで
大きな魚の口から吐き出された小魚や
エビのように
半分、溶けています
もう少しで魚になりそうだった船の
熱烈な夢の分泌液に
存分、浸されたからです

運動会

純粋な肉体だけになって
走ったり跳んだり投げたり
押したり引っぱったり——。
ころんで血を噴く傷口も
心の傷と無関係なのが、いい。

心の蝕まれる日は
誰にも訪れる。
そのときのこらえかた
純粋な肉体だけになる方法を
学校の運動会は　それとなく
子供たちに教えるのかもしれない。

自分を影のように頼りなく思いはじめた
大人たちが
ある日　集い　走り　跳び
グランドで喚声をあげたりするのは
子供のころ教わったことの
おさらいかもしれない。

立ち話

幼い兄弟姉妹が
連れだって
いつのまにか
お母さんのいる畑にきてしまった
とてもいうように
お母さんと立ち話をしてますね

笑ってますね
私のいる所から少し遠いけれど
お話がよく見えますね
声の色も見えますね
こんなに　はっきり
お話が見えるのは
明るい秋の陽ざしのせいだけじゃなくて
お母さんと子供たちが
しあわせだからですね
しあわせが
くもりや　かげりを
きれいに吹きはらって
そこが
ひどく澄んでいるからですね

祝婚歌

二人が睦まじくいるためには
愚かでいるほうがいい
立派すぎないほうがいい
立派すぎることは
長持ちしないことだと気付いているほうがいい
完璧をめざさないほうがいい
完璧なんて不自然なことだと
うそぶいているほうがいい
二人のうちどちらかが
ふざけているほうがいい
ずっこけているほうがいい
互いに非難することがあっても
非難できる資格が自分にあったかどうか

あとで
疑わしくなるほうがいい
正しいことを言うときは
少しひかえめにするほうがいい
正しいことを言うときは
相手を傷つけやすいものだと
気付いているほうがいい
立派でありたいとか
正しくありたいとかいう
無理な緊張には
色目を使わず
ゆったり　ゆたかに
光を浴びているほうがいい
健康で　風に吹かれながら
生きていることのなつかしさに
ふと　胸が熱くなる

そんな日があってもいい
そして
なぜ胸が熱くなるのか
黙っていても
二人にはわかるのであってほしい

叙景

杉の垂直な歳月が丈高い林をなす
山の急斜面を
登る
頂きに金箔の冬の陽がちらつき
斜面に腐葉土の匂いのたちこめる
杉の根方を
登る
時折
ばらまかれた放心のような黄葉《もみじ》が
杉の緑を音もなく横切り
時間をかけて遊びながら
どういうこともない黒い地面にたどりついて

『叙景』

旅を終る

少し前から耳についていた甲高い軋《きし》りが
頭上の杉の
高いところから発していることに気付き
足を止める

無風の山の中で
なぜか
隣り合った二本の杉の、上のほうだけが
ゆっくりと横に揺れ
頂きがゆるゆると近寄り
首をまじえるように触れてゆき
荒い木肌を強くこすり
そのときギーッと軋るのだ
それからゆっくりと身を引き、そりかえり

充分の隔りをとって
しばらく見つめ合うようにしてから
ふたたびゆるゆると近づき
木肌のひとところを
互いに押し当て
ギーッと軋る
たくさんの杉の
ほとんど動かない無関心の間で
二本の杉だけが
そんなふうに
うっとりと時をすごしているのを見届けて
山の急斜面を
登る

林中叙景

丈高い樫や楢が互いに枝をさしのべている林
裸木に近いそのいただきから
やわらかな冬の陽がさしこみ
足もとに散りしいた枯葉と
おびただしい数のどんぐりの実を
しずかにあたためている
どんぐりの実のひび割れて
内部のうすみどりの見えているのがある
土に根を下ろす準備がすでにひそかに
はじまっているのであろうか
これらの実のいくつが
どれだけ空に近づくことだろう

尾長のけたたましい啼《な》き声と羽ばたきが
頭上から降ってきてたちまち遠ざかる

尾を垂れた重そうな体を
翼で吊り上げながら飛ぶ尾長の
姿がなぜか私は好きだ
あの飛びかたは軽快でなく
飛ぶことに努力の要るさまが
はっきり見えるからだ
朽ちて土に帰ろうとしている枯葉と
その土に未来の根を下ろそうとしている
どんぐりの実を
見るともなく見つめ
名の知らぬたくさんの鳥の
かまびすしい呼応を聞いている

母

身まかった母の
胸の上に
両手の指が組み合わされていた
遠い日のこと
なぜか、今日
ほのかな明るみを帯びて思い出される
あの手は
生き残っている誰とも
もはや、手を取り合うすべがなかった
死者の手を取っているのは
死者自身の手だった
組み合わされた両の手は
そのくぼみに
温もりと見まがうものをつつんでいた
そのようにして旅立ったのが
その日の母だった

創世紀
――次女・万奈《まんな》に

「お嬢さんですよ」
両掌の上にお前をのせて
産婆さんは私の顔に近づけた

お前のおなかから
ふとい紐が垂れ下がり
母親につながっていた

半透明・乳白色の紐の中心を
鮮烈な赤い血管が走っていた
お前が、ぐんと身体をそらし

ふとい紐はブルンと揺れた
あれは、たのもしい命綱で
多分
母親の気持を伝える電話のコードだったろう

母親の期待や心配はすべて
このコードの中を走り
お前の眠りに届いていたにちがいない

母親の日々の呟きと憂いを伝えていた
そのコードの切れ端は
今、ひからびて
「万奈臍帯納」と記された桐の小箱の中にある

小箱を開くたびに私は思いえがく

ちいさな創世紀の雲の中
母親から伸びたコードの端で
空を漂っていたお前を

白い表紙

ジーンズの、ゆるいスカートに
おなかのふくらみを包んで
おかっぱ頭の若い女のひとが読んでいる
白い表紙の大きな本。
電車の中
私の前の座席に腰を下ろして。

白い表紙は
本のカバーの裏返し。

やがて
彼女はまどろみ
手から離れた本は
開かれたまま、膝の上。
さかさに見える絵は
出産育児の手引。

母親になる準備を
彼女に急がせているのは
おなかの中の小さな命令——愛らしい威嚇
彼女は、その声に従う。
声の望みを理解するための知識をむさぼる。
おそらく
それまでのどんな試験のときよりも
真摯な集中。

疲れているらしく
彼女はまどろみ
膝の上に開かれた本は
時折、風にめくられている。

脚

どこかに出掛けるつもりで
若草のやわらかな川ほとりの堤を
川下へ歩いてました
このあたりまで来たとき
不意に
頭の芯が何かに拭い去られ
白い眩暈をおぼえて心細くなり

行先を思い出そうとして
立ち止まりました
立ち止まったとき
身についた日本舞踊の構えになり
両膝をぴったり合わせて脚を曲げ
腰を落してました
これなら師匠《おっしょ》さんにも叱られないわと
首をすくめ
笑いたいような得意な気がして上体をひねり
腰から下にためたやわらかさを
見おろしてました
その
ほんのわずかのたたずまいの間に
脚が下からこわばりはじめ
胴が絞り上げられ
乳房が見る間に突き出して

着物の胸元を乱暴におしひろげ
やわらかい二股の肉に裂け
上に向ってするすると伸び
伸びながら裂け
裂けながら伸びひろがり
いったい何が起ったのかを
必死で見届けようと気を張っているうちに
目が溶け
何もかもわからなくなりました
今はもう
私という感じを思い出すのがやっとです
着ていたものも多分朽ちて
露《あら》わな黒ずんだ裸でしょうか
——と語るのは
両膝をぴったり合わせ脚を曲げたように
堤に生えている榎《えのき》の二本の幹

行先を思い出そうとして
行き暮れている
二本の脚

日向で

日向で
蠅が翅《はね》をふるわせている
私が蠅に生まれる可能性も
あった筈
私の親が蠅であれば
私も蠅だった

勤めの配属先が
何かの偶然で分かれるように

生まれの配属先が
人だったり蠅だったり三味線草だったり

人という辞令をもらった私は
見ている

蠅という辞令をもらったものの翅が
ありあまる光に温められているのを

カヌー

カヌーは言った

あたしは行く――と
あたしは恋をしているから――と

わたしは言った
まるで昔の
わたしのカヌーを見るようだ――と

カヌーは言った
あたしは行く――と
誰に非難されても――と

わたしは言った
わたしのカヌーは
滝との無茶な恋で砕けたのだ――と

夜遅く

夜遅く
郊外の小駅に電車がすべりこむ。
影のような背を見せて
ほの暗いホームに乗客が降り立つ。
私もその一人。
影の重なりを逸早《いちはや》く抜け出し
ホームを駈けてゆくのは
駅前タクシーに飛びこむ人たち。
改札口を出て
人が右に左に散ってゆく。
その横を
音もなく過ぎ
水にまぎれこむ魚のように

暗がりにまぎれゆく自転車。
商店の鎧戸を激しくあおって
突っ走ってゆくタクシー。
同じ方向に歩いて帰る人たちは
商店街を抜け
住宅街に伸びた一本道へと
次第にまとまり
やがて片側を一列につらなる。
私もその一人。
前と後に靴音がある。
人と人との間には
おのずからなる隔りがあって
その間隔は殆《ほとん》ど一定に保たれる。
それは
他人の身辺を侵すまいとする配慮のようであり
他人をある範囲内には寄せつけまいとする互いの

暗黙の了解のようでもある。
明瞭に個人である隔りを置いて
優雅で淋しい一列は
いくつかの街灯の明りの輪の下を過ぎてゆく。
ごく稀に
列の中で口笛を吹く者がいる。
スキャットふうに歌をうたう者がいる。
歌を商売にしてうたっている人ではなく
こうして、一日の終りごろ
何気なく歌につかまっている人を
暗がりを頼りに聞くのは、いい。
前を歩いているその歌が
不意に角を曲り
歌のつづきを
私が引き継いでうたっていたりする。

十三日の金曜日

座卓をかこみ
家族と夕食をとっていた。
近くの塵紙をとろうとして
坐ったまま横に膝をすべらせた。
そのとき何かを押しつぶした。
急いで立ち上がると
ズボンの裾からインコの雛がころげ出た。
毛の生え揃わぬ赤肌の首を糸のように伸ばし
翼を苦しげに張り、傾き
軋《きし》るように鳴き
羽搏《はばた》いて畳を何度も強く打ち
右に左に回り、よろけ
のめり、逃げまどった。

はじかれたように次女が悲鳴をあげ
雛を掌《て》にのせ
二階へ駈け上がった。
妻が追い駈けてゆき
戻ってきて首を横に振った。
雛は
裾のひろいズボンの内側に入りこみ
脛《すね》の横でぬくもっていたらしい。
肉の乏しい私の毛脛が鳥の死の温床になった——
私は箸を座卓に叩きつけ
私の部屋に引きこもった。
暗い庭で次女が泣いている。
土に埋めようとしているらしい。
私は庭に向かってわめいた。
泣くな！

私は依怙地になり
半年断っていたウイスキーで
はらわたを焼いた

私に出来ることは、といえば
膝の下から掠《かす》められた理不尽な死を
憤怒《ふんぬ》することだけだった。

声の大人たち

外の人声――
話しぶり、笑いかたは幼いが
声は大人だ。
重くてよく透る。
太くてよく響く。

休日の朝
私は眠りをさまされて
聞くともなしに聞いている。

真向いの家の男の高校生に
友人が二、三人訪ねてきたらしい。
路上で
しきりに笑い、しきりに話している。

相談がまとまったらしく
声の大人たちは
やがて、どこかへ行ってしまった。

青年期のとば口の男の声は
なんと精悍な艶を帯びていることだろう。

声だけが早々と大人で
くらしは親掛り。
学校では大きな身体を折り曲げて
窮屈な勉強机に屈みこんでいる。

男の春は
迎える準備のないまま一挙に完成してしまう生理の
行き所《ど》ない充溢ではないか。
彼らはまず肉体から大人になる。
そして大人の扱いは受けず
顔は幼く頼りなく、かすかな反抗が翳り
声だけが力強い。
調教師に屈服する前の
若い獣の唸りのように。

その彼らの

屈託なく笑う声を
その朝
私は聞いた。

陽を浴びて

冬の朝
通勤時間帯をすぎた郊外電車の駅
人影まばらな長いホームの
屋根のないところで
やわらかな陽を浴び
私は電車を待っていた

ひととき
食と性とにかかわりのない時間
消費も生産もせず
何ものかから軽く突き放されていた時間

何ものか
私を遥かな過去から今に送り出してきたもの
無機質から生命への長い道程《みちのり》
生命の持続のための執拗な営み
信じがたいほど緻密で
ひたむきでひたすらであった筈《はず》の意志

その意志の檻に収監されたまま
私は、そのとき
ひたむきでもなく
ひたすらでもなく
食と性との軛《くびき》を思い
ぼんやり
冬の陽を浴びていた
逸脱など許す筈のない意志が
見て見ぬふりをしているらしい、ほんのひととき

あり余るやわらかな光を
私は私自身に、存分に振舞っていた
ホームで
電車を待ちながら

夕方かけて

「定期持ってると、お金はらわなくてもいいの？」
ある日の夕方
ＴＢＳラジオの『全国こども電話相談室』に
小学一年生の男の子が質問している
回答者の一人が定期券の仕組を丁寧に説明し
子供にたずねた
「定期って、タダで乗れる券だと思ってた？」

「うん」と子供
「やっぱりそうか、でも、今度はわかったね」
「わかった、アリガトゴザイマシタッ」

聞いていて、私は笑い、少し涙が出る
なんでも質問し、なんでも答えてもらった幼年時の
明るい日々が、今は遥かに私から遠い

誰にも質問しない多くのことが、私にはあり
どうにもなることではないから
鼻唄をうたいながら台所に行き
やおら、ビールの栓を抜く
夕方かけての習慣なので——

円覚寺

早春
鎌倉
円覚寺
丘陵を背にゆるやかな勾配を持つ広い境内
山門、本堂、鐘楼、舎利殿、塔頭《たっちゅう》十数棟の
ゆったりした布置
境内を点綴して紅梅白梅が咲き競い、人々が歩む
総門から奥の庵まで一筋延びている石畳の参道

そこを行き交う人々にまじり
黒いコートの老人が
二人の婦人に左右の肩を支えられ
不自由な足をひきずり、勾配を登っている

若者たちが談笑しながら

その老人を足早に追い越してゆく
若者たちに殆ど無視されていることで一層際立つ老いの姿を
私は、なぜか、殊更《ことさら》、心に留めようとしている

「お父さんは風のように歩く」
次女が小学生の頃、私に言ったことを
私は不意に思い出し、苦笑する
数カ月前、駅のホームで失神昏倒した私には
もう、「風のような」身軽さはない

老人はしばしば立ち止まって
間近の梅の花の照りを浴び
介添えの婦人と談笑している
その時だけ
歩くことに必要な努力が
姿に現われない

早春
鎌倉
瑞鹿山円覚寺

乗換駅のホームで

乗換駅のホームで
私は電車を待っていた。
長いホームの端にあるトイレに向い
小さな女の子が丸くなって駈けてゆく。
そのあとから
少し背の高い女の子が駈けてゆく。
二人は妹と姉だろう、同じピンクのワンピースだ。
二人の女の子のあとを

お母さんらしい人が急ぎ足でついてゆく。
お母さんの背丈が一番高いので
三人の配置は
遠くが小さく近くが大きい透視図法の絵そのままだ。
妹、姉、お母さんの順に
トイレに消えた。
三人は、どういう順序でトイレから現われるだろう?
見ていたら
塀の陰から、同時に、かたまって出てきた。
それから、背の高い順に、右から左へ横並びになって
おしゃべりしながら
こちらのほうへゆっくり歩いてきた。
白い秋の光を髪や肩のへりに載せ
くっきりしたシルエットになって。

俺は嘆息したな

俺にはとても殺し屋はつとまらないと。

いつの日か
ひょんなことから、俺が、もし
どこかの国へ大量死を射ちこむめぐり合わせになったとして
何万粁か先の町中に
今見ているような光景を
チラとでも思い浮かべたら
どうするだろう？　俺は——。

或る声・或る音

発車合図の笛が駅のホームに響き
電車が静かに動き出すと
隣り座席の若い母親の

膝に寝かされた一歳ほどの男の子が
仰向いたまま
また、声を発する。
初めは低く
次第に声を高め
或る高さになったところで
そのあと、ずーっと同じ声を発し続けるのだ。
電車が次の駅のホームにすべりこむと
その声は止む
電車が動き出すと
その子は再び声を発し
次第に声を高め
或る高さの声を保ち続ける
母親の膝に仰向いたまま、頬笑んで。
——私は気付いた
レールを走る車輪の音を、その子は

声で真似ていたのだ。
発車して、車輪が低いサイレンのように唸り始める
速度を増すにつれて、やや高まり
走行中、唸りは切れめなく続く
その音を、声でなぞっていたのだ。
レールを走る車輪の音に、こんなにも親しく
どこの大人が
声で寄り添ったりしただろう。
電車に乗れば足もとから
必ず湧き上がってくる車輪の音に
私は、なんと久しく耳を貸さなかったことか。
私は俄《にわ》かに身の内が熱くなり
目をつむり
あどけないその子の声と
その声に寄り添われた鉄の車輪の荒い息づかいを
そのとき、聞いた

聞えるままに、素直に聞いた。

樹 木

幹が最初に枝分かれするときの決断
梢の端々に無数の芽が兆すときの微熱
それが痛苦なのか歓喜なのか
人は知らない。
樹の目標は何か、完成とは何か
もちろん、人は知りもしない。

確かに、人は樹と共に長く地上に住んだ。
樹を育てさえした。
しかし、知っているのは
人に関わりのある樹のわずかなこと。

樹自身について
人はかつて何を思いめぐらしたろう。

今は冬。
落葉樹と人の呼ぶ樹々は大方、葉を散らし
あるものは縮れ乾いた葉を、まだ梢に残し
時折吹き寄せてくる風にいたぶられ
錫箔《すずはく》のように鳴っている。
地面に散り敷いた枯葉を私は踏み
砕ける音を聞く。

人の体験できない別の生が
樹の姿をとって林をなし
ひととき
淡い冬の陽を浴びている。私と共に。

四つ葉のクローバー

クローバーの野に坐ると
幸福のシンボルと呼ばれているものを私も探しにかかる
座興以上ではないにしても
目にとまれば、好ましいシンボルを見捨てることはない

四つ葉は奇形と知ってはいても
ありふれて手に入りやすいものより
多くの人にゆきわたらぬ稀なものを幸福に見立てる
その比喩を、誰も嗤うことはできない

若い頃、心に刻んだ三木清の言葉
〈幸福の要求ほど良心的なものがあるであろうか〉
を私はなつかしく思い出す

なつかしく思い出す一方で
ありふれた三つ葉であることに耐え切れぬ我々自身が
何程か奇形ではあるまいかとひそかに思うのは何故か

過ぎ去ってしまってからでないと

――故黒田三郎氏に

詩集『渇いた心』の
「ただ過ぎ去るために」という詩の中に
こういう言葉がありますね
〈過ぎ去ってしまってからでないと
　それが何であるかわからない何か
　それが何であったかわかったときには

もはや失われてしまった何か〉

詩集『悲歌』の
「風邪をひいて」という詩は
こう書いてありますね

〈明後日になったら
風邪もよくなるでしょうから
いつもの洋菓子店で
逢いましょうと
軽く約束して電話を切ったのだが
風邪はいっこうによくならず
下がる筈の熱が下がるどころか
上がる一方で
とうとう呼吸困難まで起し
救急車で病院へ運ばれる始末

その二、三日あとには
危くあの世へ行くところだった
あの世へ行ってしまったら
洋菓子店へ行くどころか
「さよなら」を言う暇もなかった〉

退院後は
何度か
「小選挙区制に反対する詩人の会」で
顔を合わせましたね
帰りは、息切れのするあなたと一緒でした
途中まで、電車も一緒でした
その後、咽喉を病んで入院されました
一度退院の後

再入院され
不帰の人になられました

過ぎ去ってしまいましたね
過ぎ去ってしまいましたのに
それが何であるかわからぬまま
失われてしまった何か
何か

さよなら
黒田さん

漢字喜遊曲
――王と正と武

「正という字」について
笹島綾子さんが、こう書いてらっしゃる。
〈曲がったところがないから迷ったりはしないけれど／すぐ突き当たって
しまうから／あそぶのにはつまらない／だが　よく見ると左側にちょっと
だけ／かくれられる場所がある／「いいなあ」と思った〉
正が左側に隠れ場所を持っている。
正しい事を言ったり行なったりしたあとの
気恥かしさが此所《ここ》に隠れるのだろう。
正という字に、ほのかな含羞を
笹島さんは与えて下さった――いい人だ。
だが、私は人が悪いので
その隠れ場所を手直しして
正を王に変えてみた。すると即座に王は
〈さあ、人民ども、どこからでも見るがいい
わしは公明正大そのものである〉
と言いかけたが、私を見て、ふと止めた。

〈王政には罪悪の臭いがする〉という誰かの言葉で私が牽制したからだ。

私の中で、はや正と王とが角突き合わせていた。
正が先《ま》ず、王をからかった。
〈正しさを歪めないと王にはなれませんね永遠に、正になりそこねているのが王！〉
王が笑って応じた。
〈王になりそこねた正の嫌味か……無力な者ほど正義にご執心なものでね〉
そこで私が王に聞いた。
〈正が目障りですか？〉
王が答えた。
〈なんの！　奴等は自分が武の囲われ者だということさえ知らんのだ〉

池の平

高原の
遅い春。
雪は山頂近くに退いたが
池の面にひれ伏した枯萱《かれかや》軍団の
刀折れ矢尽きた姿は
一冬の雪の重量を語る。
雪の下敷きになっていた灌木たちは
しかし、おもむろに立ち上がる。
寒風にいたぶられていた木々の枝は
温い陽射しに軽口を叩いている。
放心から充溢へと急速に動く今——
先頭をきって
水芭蕉の艦隊が一斉に純白の帆を張る。

高原を夏へ
一気に牽引するかのように。

車窓から

ある朝の電車の窓を流れる夏。艶めく夏。
近くを駈ける畑と林。遠くを歩む畑と林と雲。
物みな横に流れるなか、畑の人の身のこなしは縦。
土を相手に、身を曲げる、反《そ》らす、しゃがむ、踏む。
地にいて天を戴く者が体に具えているしなやかな縦の軸。
私の体もまた、天地の軸を示すように動くのだと、
そのように動く体が私にもあるのだったと、
身に覚えのあることが新たに蘇る朝。
体を最後に横たえるまで
動く体を動かして、しばし、地上にいるのが私だと、

不意に私が透けて見える朝。

ある高さ

山々の谷あいから
しきりに雲が湧き
ある高さをめざす
みずからにふさわしいと思う高さまでくると
そこにとどまる
なぜか、それ以上の高さにはならない
同じような雲が
同じような高さにとどまり
見渡す限りの、深々とした雲海になる
私が雲海をいらだたずに眺めたのは

若い時ではない
少し年をとってからだ

草

人さまざまの
願いを
何度でも
聞き届けて下さる
地蔵の傍に

今年も
種子をこぼそう

紹介

一歳です
おいた、します
おなか、空きます
おっぱい、たっぷり飲みます
お通じ、あります
よく眠ります
夜泣き、しません
寝起き、ご機嫌です
固太《かたぶと》りです
ダイエット、まだです
女性です
柔肌です

『自然渋滞』

おしめ、まだ取れません

酒痴

一日の終り
独《ひと》り酒《ざけ》の顚末を最後まで鄭重に味わう
酒痴

殆ど空になった徳利を、恭しく逆さにして
縁《ふち》からしたたるものを盃に、しかと受けとる
初めに、二、三滴、素速く、したたり
やがて間遠になり
少し置いて、ポトリ
少し置いて、ポトリ

やや長く途切れたあと
新たに、ゆっくり
縁に生まれる、ふくらみ一つ
おもむろに育ち、丸く垂れ、自らの重さに促されて
つと、盃に飛びこむ
一滴の、光る凱歌

長く途切れたあと
少し傾《かし》げた徳利の縁に
またも、微かにふくらみかける、兆《きざし》一つ
しかし、丸い一滴へと、それがなかなか生長しないのを
急には育たない少女の胸のように
いとおしみ、見て
オイ、どうした、急げよ
などと
お色気なしの、平らな胸の、清楚な愛らしさを

からかいながら
それが丸く育つまで
逆さの徳利を静かに支え、じっと見守っている

深夜の
酒痴

雨飾山《あまかざりやま》

厳冬の雨飾山を一人、スキーで登った。
新潟県糸魚川《いといがわ》市と長野県北安曇《きたあずみ》郡との
境に聳える山で標高一九六三メートル。
日本百名山の一つということも魅力だったが
実は「雨飾」という名に惹かれたのだ。
一年を通じて雨の多い山なのかも知れないが

この山を、人々は「雨降《あめふり》」とか「雨被《あめかぶり》」とは呼ばず
「雨飾」と呼んだ。
入山の機会の多い土地の人々にとって、雨は
山仕事の妨げだったろうに
雨を山の飾りに見立てたのだ。
粋なその名を、名の肌を、私は登った。
(若い日、好きな人の名は私にとって典雅な山だった
　などと思い返しながら――)
その日は雨に逢わず、太陽と烈風に迎えられた。
「雨飾」ではなく「日飾」「風飾」だった。
頂上から、白馬、妙高、火打《ひうち》の峯々が
眺められた。

短日

葉を落とした大銀杏の
休暇の取り方

どこかへ慌てて旅立ったりしない
同じ場所での静かな休息

自分から逃げ出したりしないで
自分に同意している育ちの良さ

裸でいても
悪びれず

風のある日は
風を着膨《きぶく》れています

つくし

つくし
土筆
土から生えた筆

風が土筆に聞いています
お習字が好き?
お習字が好き?

土筆が風に答えています
はい　いいえ
はい　いいえ

つくし　土筆

光をたっぷりふくませて
光を春になすっています

「止」戯歌《ざれうた》

「歩」は「止」と「少」から出来ています。
歩く動作の中に
「止まる」動作が
ほんの「少し」含まれています。

「正」は「一」と「止」から出来ています。
信念の独走を「一度、思い止《とど》まる」のが
「正」ということでしょうか。
正しさを振りかざす御仁ほど
自分を顧みようとする資質を欠いているようです。

正義漢がふえると、揉め事もふえるのは
そのためです。

「歳」の中にも「止」があります。
より多く年齢を収穫するのが
歳の自然な成り行きかと思っていましたが
歳は人それぞれの宿命に応じて
その歩みを止めるのです。

註　「止」は「足」を意味する象形文字ですが、ここでは、単に「止まる」意味に読んでいます。

(覆された宝石)考

〈(覆《くつがへ》された宝石)のやうな朝〉が

「天気」と題する
西脇さんの詩の第一行であることは
あまりにも有名。
神の生誕の日の晴朗な天気を
ジョン・キーツの詩句を借りて比喩したものだ。

ところで、この（覆された宝石）が
単数か複数かについて読者の意見は分かれる。
宝石箱ごとひっくりかえったのだと
想像する向きもある。
一個で充分だと、私は思うのだが。

『詩学』誌上の西脇セミナー(註)によると
（覆された宝石）の原詩は
An upturned gem で、一個であるが
単複いずれかを示さない和訳について

宝石は一個か多数かを質問する人が多いという。

一個か多数かという質問の意味が
多分、西脇さんにはわからなかったに違いない。
原詩が一個の宝石で自明だったから、ではなく
西脇さんにとっては
一個で充分だった。
数の多寡ではなく
覆った宝石の光だけが問題だったのだ。

「宝石を覆す」とはどういうことですかと
或る時、女子学生とその先生に質問されて
西脇さんは、こう答えられたという。
「たとえばダイアモンドでも、ここへ置くとそんなに光らないけど、ころがすとピカッと光るものです。宝石が動くと光る、その意味なんです。」
そして、セミナー出席者にこうも語っておられる。

「一個の宝石を〈覆す〉ということは、遠いものを連結してるんですね。
〈覆す〉という言葉は、宝石とは連結しないものなんです。箱が覆るのはいつでもあるわけだ。宝石を覆すなんかいう意識は子供の頭にはないわけですよ。」

これは
「遠きものを近くに置き、近きものを遠くに置く。
結合しているものを分裂させ、分裂しているものを結合する」という西脇詩論で
「関係を変化させる」ということだが
大詩人の詩論に深く立ち入るのはよして
(覆された宝石)という文字を目にした時の
私自身の経験を語ろう。

私の思い浮かべた宝石も西脇さん同様の
ダイアモンドで

指輪にもネックレスにも嵌めこまれていない
裸の一粒のダイアモンドだった。
それは宝石という名の非日常の輝きで
机上に火照《ほて》っていた。
その輝きは「八方睨み」の虎の目もかくやと
思われるほど
どの角度からも私の目に挑んでくる。
しかし、シェイクスピアの言い草ではないが
気の利いたせりふも繰り返し聞かされると
興醒めになるように
気位に満ちた宝石の光もすぐ日常性に堕すのかと
何気なく指先でダイアモンドを覆した時
一瞬、光は沸騰した。

日常性の転覆から迸り出た非日常の輝きは
神の生誕の日の晴朗な天気に

なんとふさわしかったことか。
純粋な質は一個でそのまま宇宙を満たす
二個以上を、どうして必要とするだろう
いわんや、宝石箱をや。

註　「詩学」昭和42年4月号から6・7月合併号まで三回に亘って掲載された。

貝のヒント

二枚貝の貝柱を綺麗に剝がすには
片方の貝殻の縁《へり》で貝柱の根もとをこそぐのが一番
箸やフォークやナイフでは
なぜか、綺麗に剝がすことができない
どういう理由だろうかと

かねがね不思議に思っていた

今日、蛤の酒蒸しを食べながら
妙なことを思いついた

貝柱が貝殻で綺麗に剝がされるのは
貝柱が貝自身の言葉に応答するからだ
木や金属でうまく剝がすことができないのは
木や金属の言葉に貝が応答できないからだ
人間も、人間の言葉に応答できるが
人間を超えるものの言葉には、うまく応答できない
多分、そのようなもの

木炭を必要な長さに割りたいときは
火箸や金槌で叩くより
木炭同士を打ち合わすほうが綺麗に割れる

あれも
木炭が木炭の言葉に応答する
ということだろう

言葉が少しの障害にも出会わず或るものに届く
同質の世界があるのだ

蒸されて死んだ貝の貝柱が
木や金属の言葉には応答しなかった
しかし
蒸されて死んだ貝自身の言葉には応答した
言葉とは
そのように聞き届けられるものか
人間が、人間の至らなさを恥じ
人間を超えるものの言葉に絶えず耳を傾け

しかし、なぜかその言葉に充分に応答できないまま
永い永い歳月を経てきたのも
考えてみれば、理由のあること

貝柱が納得するのは
他でもない、貝自身の言葉によってなのだ
生きている間だけではない
死んだあとでさえも――

人間が無数の異質に囲まれ
それらの言葉を古くから謙虚に聞こうとしてきたことを
勿論《もちろん》、私は知っている
異質の最大なものは、おそらく、神で
その言葉の刃先に身をさらし
箸やナイフの先で引きちぎられる貝柱さながら
引き裂かれつつ言葉を聞こうとする人々のいることも

私は知っている
また、木や草や風や雲など無数の生物無生物から
言葉を聞くことに長けた人々のいることも
私は知っている
それら異質の言葉を、不完全にせよ常々聞くことで
人間の言葉の根が枯れないことも、知っている

それにもかかわらず
貝柱を綺麗に剝がす貝殻の
間然するところない言葉に憧憬するのはなぜか

冷蔵庫に

冷蔵庫
お前、唸ってたな

生きものみたいに
深夜

歌っていたのかもしれないが
それにしては陰気な歌だった
冷蔵庫
生きものの真似をしていたのか、お前

冷蔵庫
間違っても
生きものの感情なんて身につけてはいけないよ
機械以外のものになってはいけない

冷蔵庫
設計された働き以上のことをしてはいけない
休み休み、働いていればいい

如何にあるべきかなんて苦悶するんじゃないよ
ロボットに感情を持たせようなどと
人間が考え始めるご時世だが
そんな馬鹿な夢想の相手をしてはいけない
生きものになれば確実につらいことがふえる

人間は何十万年もドタバタ見苦しく生きてきたのに
まだ自分に愛想を尽かすことも知らない
そういう狂った生きものなんだから
人間を見習ってはいけない

ただ、設計されただけの働きを
休み休み、果たしていればいい
知らずに与えられた機械の幸福というものを
お前は破らぬほうがいい

わかったな
な

モジリアニの眼

アメデオ・モジリアニは、しばしば
人物の
見開いた両眼に
澄んだ青をいっぱいに満たした
瞳を入れないで

今
私は、あの眼が欲しい

ゆらめく光のようなあの青に
事物が吸いこまれる
しかし、瞳はなく
網膜に像は結ばず
脳に送られず
脳の皮質から批評を誘い出す可能性もない
――あの眼が欲しい

物が見えれば
物を批評せずに済ますことが出来ない
人間が見えれば
人間を批評せずに済ますことが出来ない
自分の愚かしさで手一杯なくせに
他人への批評を臆面もなくやってのける私は
今、あの眼が欲しい

あらゆる生きもののうち
最も精緻な出来損いは人間だ

その人間の所業すべてを
せめて
眼に満たされた青い光波に
ゆらゆらと遊ばせ拡散させていたい
見えるものすべてを
私に、批評させず憎悪させず
ただ受容させるために

人間の言葉を借りて

生まれたくなかった
胎内で抵抗した

何度か流産のチャンスがあった
チャンスは薬物の力でつぶされた
その日は〝難産〟だった
緊急処置の帝王切開で
わたしは生まれた
三年ぶりに二人目の子を得た若い父母の喜びが
わたしには、うとましかった
生まれたくなかった
育ちたくなかった
しかし
順調に育った

或る日
三歳になる兄が
眠っているわたしの顔に
小さな透明なビニールの袋をかぶせた

袋は頭をピッタリ包み
わたしは息が出来なくなった
チャンス到来
忽《たちま》ち気が遠くなり
わたしは人間でなくなった

わたしの異状に兄は驚き
母のもとへ走った
母が駈けつけ
すべてを察した
青ざめて
ビニールの袋をはずし
わたしを荒々しくゆさぶった
動かなかった
母は電話をかけ、病院に車を飛ばした
母の供述のちぐはぐに

医者は不審を抱《いだ》いた
乳児がビニールの袋をかぶる筈がない
医者の通報で警官が来た
母は事の次第を正直に語った
語って泣いた
警察の穏便な処置で、兄は罪を免れた
母と兄が罪になることなど、わたしは望まなかった
人間でなくなりさえすればよかったのだから

わたしの望みが叶えられ、人間でなくなった日
わたしは思い出していた
以前、人間だったことを
再度の人間稼業はごめんだと真底思っていたことを
わたしの望みが何処《どこ》かの神のお耳に入ればいいと
思っていたことを

理由は
今更、人間に話しても仕方がない
陽気な顔をして何度でも人間に生まれたがっている者に
わたしは、ただ、微笑を贈るばかり

わたしの望みが叶えられ、人間でなくなった日
若く優しい父母は泣き
小さな兄は訳もわからず走りまわっていた
わたしは詫び、静かに会釈をして
そこから立ち去って来た
わたしの世界に

わたしと同じ意志たちの住む明るい世界を
人間は信じるでしょうか？

明るい方へ

鼠が天井裏を走る
――うるさいな、追い出せるといいが
――殺鼠剤がありますわ
天井板を押し上げ、妻がピンクの錠剤をばらまく
数日たって天井が静かになる
――あいつら、どこで死ぬんだろう？
――明るい所に出てきて死ぬそうよ
あの錠剤食べた鼠は、視野が狭くなって
そのあと、目が見えなくなるって……
――視野が狭く？
――暗がりで死んで腐ったりしないように
鼠を明るみに連れ出す錠剤なんですって

最後の目にちらつく小さな薄明、そこへ
力をふり絞って、にじり寄ってゆくのは
鼠ではない
私だ
ピンクの錠剤と似たようなものを知らずに食べたあとの
私だ
誰かが私をうるさがっていた――きっと

最も鈍い者が

言葉の息遣いに最も鈍い者が
詩歌の道を朗らかに怖さ知らずで歩んできた
と思う日

人を教える難しさに最も鈍い者が

人を教える情熱に取り憑かれるのではあるまいか
人の暗がりに最も鈍い者が
人を救いたいと切望するのではあるまいか

それぞれの分野の核心に最も鈍い者が
それぞれの分野で生涯を賭けるのではあるまいか

言葉の道に行き昏れた者が
己にかかわりのない人々にまで
言いがかりをつける寒い日

夢焼け

日焼け、雪焼け
一目でわかる。
酒焼けだって
赤ら顔でわかる。
胸焼けならば
ゲップでわかる。
朝焼け、夕焼け
空見りゃわかる。
わからないのが夢焼けである。
色にも曖気《おくび》にも出ないから。
色にも曖気にも出ないものが
どうしてわかった？

あるとき、どこかの文選工《ぶんせんこう》が活字を拾い違え
私の詩の表題「夕焼け」を
「夢焼け」と誤植したから。

ああ、「夢焼け」！

この眩しい文字面《もじづら》は
人が
外からは見えない深いところを
夢に焼かれている、と
明かしてくれたネ。
人が
色には出ない焼かれかたで
夢にローストされながら生きている、と
明かしてくれたネ。

ああ、「夢焼け」！

註　「夢」は部首「夕」に属する文字。

某　日

少し早目に会場に着いた
祝賀会の筈なのに
広い講堂はガランとして机も椅子もない
どうなっているんだろう？
突っ立っていると
男が走って来て手を差し出す
——お金！　お金！　飲み物と菓子を買いに行く……
男の素振りで　会の準備だと判る
そうか　と言って財布を取り出し

開けると　一万二千円札が四枚と一万円札が二枚入っている
——こっちを借りとく
男は一万二千円札を四枚抜き取り　外へ消えた
ここで目が醒めた
一万二千円札とは……確か福沢諭吉さんの顔もあった
なんとなくニヤニヤしていると
傍らの布団に寝ていた家内がパチリと目を開けた
——アラ！
——どうした？
——夢を見てたの　変な……
パーマをかけに行って料金を払う段になったら
うちは　妹が三万円で姉が六万円です
私は姉ですから六万円いただきますって言うの
そんなのないでしょ！
と怒ってたら目が醒めた
——じゃ　お金は払わずに……

――あ　そういうことね　目が醒めちゃったもの　この次まで借りとく
――こっちは　知らない男に四万八千円持って行かれて目が醒めたところ
だ
キョトンとしている家内に私の夢を話して聞かせた
――そういうわけで
お前は六万円の借り　俺は四万八千円の貸し
差し引き一万二千円がわれわれの借金ということだ
相手が夢の国ときたもんだ！
家内は笑い出し　掛布団をかぶってしまった
外がうっすらと明るみはじめ
近くを飛んでゆく明け鴉の声も笑っている

食口

韓国語で「食口《シック》」は「家族」のこと。

漢和辞典にも「食口《ショクコウ》」という言葉があり「人口・口数」の意味がある。

日本語で「口減らし」は食べる人の数を減らすこと。

そして私の幼年時、近所の女親同士が朝、外で最初に顔を合わせたときの挨拶は「もう、ご飯を食べましたか」――だった。

『遠野物語』一一一番には、こういう記述がある。
《昔は六十を超えたる老人はすべて此蓮台野《このれんだいの》へ追ひ遣《や》るの習《ならひ》ありき。老人は徒《いたづら》に死んで了《しま》ふこともならぬ故に、日中は里へ下り農作して口を糊《ぬら》したり。その為に今も山口土淵《つちぶち》辺にては朝に野良に出づるをハカダチと云ひ、夕方野良より帰ることをハカアガリと云ふと云へり。》
この文中の片仮名の部分を、私はごく最近まで「墓立ち・墓上がり」と読み違えていた。

墓になった筈の人が
食べるために野良に出て立ち働き
夕方、野良を引き上げてゆく――と
思いこんでいたのだ。
その後
「ハカダチ」は「仕事初め」
「ハカアガリ」は「仕事終《じま》い」のことと知り
「ハカ」は「ハカドル・ハカガユク」の
「ハカ」に通じる言葉だと気付いたが
去る日、不意に私を襲った
「墓立ち・墓上がり」の映像
人でも墓でもあるものの黙々とした耕作の姿を
今も私は消し去ることができずにいる。

ぬけぬけと自分を励ますまじめ歌

他人を励ますのは、気楽です
自分を励ますのが、大変なんです

私《わたし》は誰か、私は何か
知ってしまったあとだもの

私は自分に言い聞かせるの
私はこれから咲く花ですよ

それはちょっぴりウフフ
それはちょっぴりアハハ

都合のいい夢咲かせていよう
私は遅咲き大輪の花

自分をいじめるのは、子供です
自分をいじめないのが、大人です

アハハウフフ　アハハウフフ
私はウフフの大人でいよう
アハハで励ます大人でいよう

飛ぶ

空飛ぶ鳥の姿に
私達は、どれほど空飛ぶ人間を夢見てきたことか
飛ぶ鳥の姿に
私達は、どれほど人間を重ね合わせてきたことか。
背に羽をつけた天使やキューピッド
あの姿を思い浮かべるだけでもそれがわかる。

多分――と私は思う
人間は空飛ぶ夢を永く永く見続けたため
いつしか、心に翼を具え、時にはそれを使うのだ。
理想をひたすら追っているとき
自分の能力の限界に挑んでいるとき

『吉野弘全詩集 増補新版』

一つの愛に身を焦がしているとき
人間は、或る空を飛んでいるのだ――と。

生涯のうち一度でも二度でも
私はあのとき、翼を使ったと
思い出す喜びが、あなたにもありますように。

滝

崖から淵へ、刻々、身を投げる水
あの激しい水が傷ついた、という話を
私はついぞ聞いたことがない
柔らかな身の投げ方に習熟している水の不思議
恋の淵に身を投げて破滅する人がいる

――人を愛したときの
安全な身の投げ方など、誰も知らない
恋の淵に身を投げて幸せを摑む人が、時に、いる
――あれは多分、滝のような血筋の人だろう

崖の上から身を投げる水
柔らかな身の投げ方に習熟している水の不思議を
恋の淵に身を投げて破滅しかけた人が
じっと見つめている

秋闌《た》けて
――演歌ふうに

枝を撓《たわ》ませ、たくさんの柿の実が
赤く色付いています

柿の実はやがて
内側から熟れるでしょう

熟れた柿の実を人が食べて
種を地面に落とすでしょう

鳥たちも柿の実を食べて
種は地面に落ちるでしょう

落ちた種は地中に埋もれて
いつの日かまた新しい生命を芽吹くでしょう

熟れた実で人や鳥たちを喜ばせたあと
種を大地にさりげなく蒔いてもらう柿の素姓《すじょう》

そして――今

自らが生きるために先《ま》ず他を喜ばせる知恵を
果実の内部に甘く甘く蓄えている季節の真只中

こういう生きかたをする生命があったことに
私は今更のように気付き

万物の霊長を自称している人間には
望むべくもない甘い知恵であることにも気付き

人間の素姓の味気なさを思いながら
秋闌けた日の柿の木を眩しく仰いでおりました

おとこ教室

かなり以前のこと
「おとこ教室」という看板を見て
私は動転した。

西武鉄道の或る乗替駅に降り立ったとき
ホームの両側に並立している多くの看板の一つに
横書きで書かれていた文字――それが
「おとこ教室」だった。
驚いた私は
男を、どのように教える教室か？　と困惑
一瞬
「おこと教室」を読み違えていたことに気付き
声をこらえて噴き出した。

しかしそれ以来
私はこの看板に出会うたびに
お琴を奏でる技そのままに
男の琴線を巧みに奏でる女の技が
きっと、女の腕の中に秘められている、と
私は思うようになった。

「おこと」と「お琴」とは書かず
「おこと」と平仮名にした教室の魂胆は判らないが
漢字に簡単には座を譲ろうとしない平仮名の
ひそかな誇《ほこり》のようなものが

単行詩集未収録詩篇から

雪

まっすぐに
牡丹雪が降りそそいでいる。
窓の内で　僕は眺めているのだが
ひとつひとつの雪の身振りを
仔細に眺めているわけではない。
数だ
数にすぎぬ
もつれ合う数にすぎぬ。
あの　ひとつ　ひとつが
鮮烈な個性を訴えている　などとは
僕には思えない。

雪の流れに掌《て》を差し伸べると
通りすがりの　二三の雪片が
僕の温《あたた》かい恩寵の凹みで
他愛なく瞑目する。
それは　まるで
神を信じきっている人間の最期のようだ。

僕は
掌に消えた雪の意味を量《はか》るように
神の眼から見た
人間の意味を考えていたのだが

そっくりではないか
数にすぎない牡丹雪に。

したたか降り積もった雪は

午後から融け始め
人間の歩行を妨げるだけだろう。

(「詩学」一九五三年二月)

埴輪《はにわ》族

もうすっかり失われたとばかり思っていた
かけがえのない　臣民の美風を

正月二日

ラジオで
眼《ま》のあたりに見た。

皇居前になだれこんだ

参賀の列の
六十萬の　どよめき。

こたえるように
バルコニイから手を振る
象徴の姿が
きっと　たとえようもなく
やさしいのであろう
歓呼を縫って歩く　マイクの中に
――もう死んでも悔いがない――
という　すすり泣きが
幾度か　流れこむ。

昔、埴輪を侍《はべ》らせて君を追慕した
遠い記憶が
年改まるごとに　臣民の血に甦《よみがえ》り

そのなつかしい痛みが
郷愁のように　彼等を駆って
此処《ここ》
日本のハイマートに走らせる。

おだやかな　冬の陽ざしを浴びながら
やさしい臣民の列は　一日　ひきもきらず
君と臣民とは互いに応え合い
うねりのような歓呼は　何時《いつ》果てるともなくつづいていた。

（「詩学」一九五三年五月）

原っぱで

凧を　太陽のそばにやらないでエ

かぜが太陽のほうに吹いているんだ
しかたがないよ
どうして？

だって「太陽は火だ」って　おとうちゃん
言ったじゃないの　凧が燃えちゃう

――だいじょうぶだよ　太陽は
ズッと遠いんだから

でも　くっつきそうだよ
もう　凧をおろして　凧をおろしてヨッ

いいかい　みてるんだよ　凧を
糸を　どんどんくれてやる

駄目ッ　糸をやっちゃ
　糸をどんどんくれてやる　ほら　凧が太陽より
　ズッと高い　夕日はもう沈むだけ
もっと糸をやって
凧をもっと高くして　もっと高くして

（「プッペ」3号、一九六〇年一二月一日刊）

錆びたがっている鉄の歌
――酸化鉄が鉄の最も自然な姿

鉄は酸素が好きなのに
好きになってはいけないと
やすりが言うのだ

塗料《ペンキ》が言うのだ
人が言うのだ、鉄に、口うるさく。
けれど
鉄の最も自然な在り方は
酸素と一緒にくらすこと
男と女が一緒にくらすように。
鉄だって好きな相手と
くらす権利があるさ。
酸素を愛して
酸素に愛されて
褐色に錆びて　ぼろぼろに腐蝕して
もろく　もろく　生きるよ僕は！
ピカピカの鉄よ
酸素のプロポーズを蹴っている鉄よ
愛に身を持ち崩そうとしない
ピカピカの鉄よ　きらいだ

僕は断じて　錆びる!

（「技能ヤング」一九七〇年五月）

食べない

お父さん
せっかく、皿に盛り分けたのに
どうして箸をつけないの?——と私。

あした食べるよ。

あしたじゃ、まずくなるんだ
一番おいしいときに食べればいいのに。

そんなに食べられないんだよ

年をとると。
だって、子供が残したものだと
食べるじゃないの。
ありあわせで、いいんだよ。
——長女と次女が言う。
おいしいよ、おじいちゃん
食べなさいよ。
——妻は俯向いて黙って食べている。
——食事が終ると食器を洗おうとする父。

おじいちゃん、私が洗いますから
そのままでいいのよ——と妻。

——あとで、妻が私に不服を言う。
どうして、おじいちゃんは
遠慮ばかりするんでしょう
何年たっても同じよ、情ないわ。

——詮方なしに、私が答える。
さっきみたいに、俺はおやじを責めるけれど
俺だって、働きのない老人になれば
子供の世話になるのはつらいだろうと思うよ。
食べることから
逃げたくて逃げたくて
仕方がないんじゃないの、おやじは。
そのせいだよ

自分の箸や茶碗を、まるで覚えないのは。
見えないいんだと思うな、食器なんて。

(「櫂」19号、一九七二年一月)

生　長

窮屈になった去年を　子供が脱ぐと
その裸にピッタリの今年を
いそいで誂《あつら》えるのが　母親だった。
とかく　母親は
子供の「今」にピッタリの着物を誂えるので
よそ目には
まるで
生長を現在のままに
押しとどめようとでもしているようだった。

それでも　子供は
母親の両腕の間をかいくぐるので
古い「時」を脱いだ小さな裸を
母親は年ごとに追いかけまわしていた。
新しい「今」を着せようと
鬼ごっこみたいに。

子供が大人になって
鬼ごっこは　おのずと止《や》み
子供は自分自身を脱ぐ苦しみを知りそめ
新しい自我のようなものを
やさしい母親に求めなくなった。
そして　母親は
ある日　快活に納得するだろう
私は子供の脱ぎ去った「時」のカラなのだと。

（「現代英語教育」一九七二年四月）

果実と種子

果実
果てまで辿りついた安堵と　果てを超え得ない失意とが
歩み寄って満たした仮りの静謐。

その内部に——種子。
果ての向うへ突きぬけようとする意志
やや、恥じらいの艶を帯びて、しかし気鋭に。

歴代変わらぬ試みとは言うな。
永遠とか無限とかいう　いかがわしいやつの招待に
果実は応じないわけにゆかないのだ。

（「新潮」一九七二年一〇月）

青い記憶

夏、おびただしい数の青い毬栗《いがぐり》
が落ちる
あれは大方、風や虫のせいですが
栗の木自身も、翌年に持ち越す疲労を避け多
すぎる実りをふるい落とすといいます。

良い種子が残るための
自然淘汰なのでしょう。
選択から漏れ、地面にふるい落とされて
砂に半ば埋もれている青い毬栗——

そのひとつを拾い、やわらかいまどろみを
ナイフで切りましたら

青白い小さな栗が抱き合っていました
未熟なまま　未来を　打ちきられて、なお
美しく。

今、梢では
剛直な針たちが内部の成熟を守っています。
過剰をふるい落とした青い時代はすぎまして
褐色の晩年がしずかに充実しています。

（「新潟日報」一九七七年九月一日）

姉妹

玄関のドアが勢いよくあいて
「万奈《まんな》ァ、来てる？」
奈々子の声だ。

「来てないよ、どうしたの？」と私。
「なんだ、まだか
わざと、ゆっくり来たのに。
別々の道、通ってネ
どっちが先に家に着くか競走したの」
「そうか、すぐに来るさ」
「でも……万奈に悪いな」
奈々子はそう言い
玄関に脱いだ靴を裏にまわし
バルコニーの鉄柵を越えて
外へ出て行った。
「万奈に黙っててネ」と言い置いて。

ドアがあいて
息を切らした万奈が帰って来た。
「おねえちゃん、来てる？」

「来てないよ」

「ワーイ、万奈のほうが早かった！」

万奈が家に入るのを
どこかで見ていたらしい奈々子が
少しおくれて駈けこんで来た。

「万奈、来てる？」

「来てるよ！」と万奈。

「万奈、早いなァ！」

二人で抱き合ってキャアキャア笑っている。


そんなことがあった。

何年前になるだろう。

板橋の団地の一階に住んでいた頃のことだ。

美術の短大を出た姉は
今、アルバイトをしながら

インテリアデザインとかを学んでいる。
妹は高校一年生で
漫画研究会に入っている。
その姉妹が
二階で
何がおかしいのか
さっきから一緒に馬鹿笑いをしている。
静かな夜。

（「民主文学」一九七八年一月）

フルート

近所に新しい家が建って
青年が一人住むようになった
夜、フルートの美しい音が

その二階から流れ出た

半年ぐらいたって
娘さんが訪れるようになった
ある日、二人があいさつに見えた
「妻です――」青年が言った

男の子が生まれた
ときどき、夫婦が乳母車を押している
そしてある日、私は、ふと気付いた
フルートの音を
彼の結婚以来、聞いていないことに

なぜだろう？
フルートはどうしたのだろう？
以前、私の耳に聞こえていたのは

フルートではなくて
彼が奏でていた
孤独の音色だったのだろうか？

（「マミークラン」一九七八年一〇月）

雪の拳《こぶし》

僕の郷里は雪国だ。
少年期の冬
僕の頬は竹箒のような吹雪にこすられて
いつも火照《ほて》っていた。

雪合戦のとき
不意の方角から飛んできた白い拳に
眉間《みけん》を打たれ

目の前がまっくらになった。
僕はひるんだ。唇を噛んだ。
ひ弱な僕を

しかし次の一瞬
僕の眉間に砕けた力は
強い怒りと反撃力に変えていた。
——あれから長い歳月がたつ。
雪の拳をくらったのはそのとき一度だが
これまで僕を打ち据えたさまざまの拳は
その都度、僕を反撃力に変えてくれたのだろうか。

少年の日の僕の眉間を打った雪の拳が今
郷里の見知らぬ少年の眉間を打つ。
その幻影の中で、少年は立ち上がる。

（「Hello World」Vol. 1 No. 2、一九八一年一月）

揉む

「おみこしは
かつぐだけじゃなく、もむものだて
おすしやの小父さんが言ってた
威勢よく上下に揺り動かすものだって……」
今日、子供用のお神輿をかついだ弟が
夕食の時、目を輝かして報告した。
「いいことを教わったな」と父は笑い
母は感心したように弟を見ていた。
弟はそのあと大きな辞書を抱えて
僕の部屋に来た。
「これにも書いてある！」

昼、お神輿を揉んだ感触からさめないまま
弟は言葉「揉む」を辞書で確かめたのだ。
少し興奮している弟を
僕は可愛いと思った。

（「にっす」一九八三年八月）

夕陽を見つめながら

昼を夜に引き渡す前に
夕陽が
赤い光の穂先で
地上のものを染めにきた。
湖面も枯葦も古びた小舟も私も染まった。
昼の太陽を直視できなかった私は
夕陽を見つめながら

ふと、地球の幸福というものを思った
太陽ほど
変わらぬ関心を
地球に持ち続けるものが他にあるだろうかと。
そして、また思った
人でも花でも
誰かに関心を持たれていると知ったとき
どれだけ生き生きするものかということも。

（「にっっす」一九八三年一一月）

動詞「ぶつかる」

ある朝
テレビの画面に
映し出された一人の娘さん

日本で最初の盲人電話交換手
その目は
外界を吸収できず
光を　明るく反映していた
何年か前に失明したという　その目は

司会者が　通勤ぶりを紹介した
「出勤第一日目だけ　お母さんに付添ってもらい
そのあとは
ずっと一人で通勤してらっしゃるそうです」

「お勤めを始められて　今日で一カ月
すしづめ電車で片道小一時間……」
そして聞いた
「朝夕の通勤は大変でしょう」

彼女が答えた
「ええ　大変は大変ですけれど
あっちこっちに　ぶつかりながら歩きますから、
なんとか……」
「ぶつかりながら……ですか？」と司会者
彼女は　ほほえんだ
「ぶつかるものがあると
かえって安心なのです」

目の見える私は
ぶつからずに歩く
人や物を
避けるべき障害として

盲人の彼女は

ぶつかりながら歩く
ぶつかってくる人や物を
世界から差しのべられる荒っぽい好意として

路上のゴミ箱や
ボルトの突き出ているガードレールや
身体を乱暴にこすって過ぎるバッグや
坐りの悪い敷石や焦々《いらいら》した車の警笛

それは　むしろ
彼女を生き生きと緊張させるもの
したしい障害
存在の肌ざわり

ぶつかってくるものすべてに
自分を打ち当て

火打ち石のように爽やかに発火しながら
歩いてゆく彼女

人と物との間を
しめったマッチ棒みたいに
一度も発火せず
ただ　通り抜けてきた私

世界を避けることしか知らなかった私の
鼻先に
不意にあらわれて
したたかにぶつかってきた彼女

避けようもなく
もんどり打って尻もちついた私に
彼女は　ささやいてくれたのだ

ぶつかりかた　世界の所有術を
動詞「ぶつかる」が
そこに　いた
娘さんの姿をして
ほほえんで

彼女のまわりには
物たちが　ひしめいていた
彼女の目配せ一つですぐにも唱い出しそうな
したしい聖歌隊のように

（『現代詩入門』一九七七年二月）

《解説》還流する生命

小池昌代

一篇の詩が長く読まれていく——一人の個人が長い年月をかけて読んでいく場合もあれば、世代を違えて多くの人間が読み継いでいく場合もある。書いた本人は、「書いたあとのことは知らない」と言うかもしれないが、作者の手を離れ、詩が生き続けることこそ、どんな栄誉にもまさる詩人の栄光に違いない。優れた詩のすべてが、そうなるというわけではないのだから、これは一篇の詩の持つ、運命とも徳ともいえるものだろう。もちろんそこには、「読者」という存在がある。

吉野弘は、まさにそのような作品、そのような読者に恵まれた詩人だ。日常を材とし、そこに詩を発見した作品は、意味を手放さず、わかりやすい。それでいて、意味を超え、言葉にならない深みへと読者を連れていく。

吉野弘が書いたにもかかわらず、その作品には、どこか作者のものではないという表情があって、別の言い方をすると、おれが書いたのだぞという主体の痕跡が薄い。何かが吉野弘をして書かせ、それをわたしたちが読むことによって、ようやく一篇が完成するといった、あたたかい気配がある。

そこから想像が飛ぶのは、生まれたのではなく、生まれさせられたのだという認識を、英文の構文から発見する、代表作「I was born」(『消息』)である。あるいは「生命は／その中に欠如を抱き／それを他者から満たしてもらうのだ」という直観に差しぬかれた、これも代表作の一つ、「生命は」(『北入曽』)をあげてもいい。

いずれも読んだとき、ショックを受けた。もうすでに、多くの人々に読まれてきたこれらの詩について、改めて語ることには躊躇もあるが、今、読んでみても、作品が、依然、こちらを押し返してくる。生きているのだ。弾力をもって。

「I was born」については、わたしもまた、作中の少年と同じようなせりふを心の内につぶやいたものだ。ほんとだ、確かに受け身なんだなあと。この子はきっと中学生だろう。英語を学び始めたばかりなのだ。

少年の発見は、意志などなかったのに生まれさせられたというような、呪いに転じるものではない。あくまでも英文の受動態を、自分が発見したかのように無邪気に興奮していて、父はそれを、無言で受け止める。そしてそのあと、かげろうの産卵と母の死について、少年に低い声で語り始める。

そこに浮かび上がるのは、産む苦しみと悲しみ。不在の母の裸体のイメージに、はかなく透明なかげろうが影絵のように重なり、読むこちら側の胸元まで、卵が息苦しくせりあがってくるようだ。

この詩は散文体で綴られているが、一瞬の発見と直観に貫かれているという点で、核に詩を持つ。書かれた内容にも新鮮な驚きがあるが、詩の中を流れる、まるで生の温度を失ったかのような、ひんやりした空気感が忘れがたい。それは他の吉野作品にはみあたらない、この詩だけが持つ独特のものである。

そのひややかさを作り出しているのが、あの父の語りで、想像のなかのその声音は、まるで少年の発見が、タブーに触れたとでもいうように、何かをおそれて暗く静かだ。父もまた、子の生誕に関わった者であるのに、父から聞こえてくるのは「遠い声」だ。すでにそこには死がまぎれこんでいる。生まれ出るということは、こんなにも暗いことだったのか。

もう一篇の「生命は」では、まったきイメージの「命」に「欠如」という強い言葉がぶつけられている。衝撃があったが、それは既に知っている何かが、言葉になった驚きでもあった。読者の胸には、驚きとともに深い納得がやってくるだろう。

生命が自分自身だけでは完結できないようにつくられていて、その中に欠如を抱いているという認識は、まるで低反発マットレスの反応にも似て、読者の肉体に、長く確かな痕跡を残す。そして重力のように確実に沈む。

吉野弘の詩には、大きな矛盾をはらむ生命への畏敬の念があるが、こうしてみると、吉野作品自体が、ひとつの生命体のようだと思う。読者という名の他者を本質的に必要とし、受粉を待つかのように読み手を待っている。そうして作者の手を離れた作品は、わたしの「夕焼け」となり、わたしの「祝婚歌」、わたしの「I was born」、わたしの「生命は」となる。それくらい、詩の言葉が読み手と強くつながっている。

これも代表作の一つ、多くの読者を持つ「夕焼け」(『幻・方法』)を、今、改めて読んでみようか。夕方の満員電車で、席を「としより」にゆずる「娘」の葛藤が詩になっている。

何かの折に幾度も読み返してきた作品だ。詩のリズムは静かで、波のない湖面をゆく舟のようであるのに、中心にいる娘には、異物感がある。不器用で、もたついていて、突破できず、躊躇している。しかしそれゆえに、わたしたちは、この作品を記憶してしまう。

これは別の詩だが、「尾を垂れた重そうな体を／翼で吊り上げながら飛ぶ尾長の／姿がなぜか私は好きだ」という作品がある（「林中叙景」／『叙景』所収）。詩の続きはこうだ。「あの飛びかたは軽快でなく／飛ぶことに努力の要るさまが／はっきり見えるからだ」。

吉野弘は、こういうものを大切にする。すなわち、簡単にすーっといくものより、なかなか、うまくいかないもの。ちょっと重たくて、その重さを、自分自身、持ちあぐねながら、努力して現状をどうにかしようとしているもの。そういうものに目をとめ、詩にすくい上げてきた。

「夕焼け」でも、人を思いやる不器用な娘のこころが、極めて丁寧に追いかけられている。

いつものことだが
電車は満員だった。
そして
いつものことだが
若者と娘が腰をおろし
としよりが立っていた。
うつむいていた娘が立って

としよりに席をゆずった。

詩では、このあと、娘が席をゆずった「としより」が駅で降り、また娘が座ったが、「別のとしより」が現れ、同じことが繰り返される。三度目にまた、「別のとしより」が現れたが、今度は、娘は席をゆずらなかった。

道徳的に裁くのであれば、「三度目となろうとも、娘は同じように席をゆずるべきではないか」とか「なぜ、娘ばかりが席をゆずらなければならないのか。他の人はいったい何をしているんだ？」ということになるが、詩はただ、その状況を映すだけで、何も力を貸さない。主張もしない。批判もしない。

一箇所だけに、「僕」が出てくる。この詩を書いている詩人その人と読める。

二度あることは　と言う通り
別のとしよりが娘の前に
押し出された。
可哀想に
娘はうつむいて

そして今度は席を立たなかった。
次の駅も
次の駅も
下唇をキュッと噛んで
身体をこわばらせて——。
僕は電車を降りた。
固くなってうつむいて
娘はどこまで行ったろう。

「僕は電車を降りた」。その行で、わたしたちは、娘を見ていた詩人の存在に気づく。彼はしかし、娘が席を立たなかったのを黙認して、娘に接触することなく電車を降りてしまう。だが作者が消えても、この詩は終わらない。娘を乗せた電車は走り続けていく。美しいと思う。この詩の美しさは、作者が電車を降りたあとに始まる、といっていいかもしれない。降りてしまったのだから、あとのことはもう、誰も見ていない。見ることができない。その見えない世界のなかに娘が一人いる。確かにいる。

やさしい心の持主は
いつでもどこでも
われにもあらず受難者となる。

やさしさが難を招くというのは、たぶん、そのとおりなのだろう。「席をゆずる」というささやかな行動であっても、一旦、他者に関わっていこうとするならば、そこにはただごとではない関係が生じていく。人と人とは、親しい関係ほど厄介で、錯綜する思いも、ほとんどの場合、相手に伝わらない。わたしには、人間関係を、災害とも事故とも呼びたい気持ちがある。

吉野弘は会社勤務を経験し、労働組合にも関わった。労働者の立場から、組織と個人のあつれきを詩にもしている。人間の姿をあたたかく詩に書いたが、根底には、人間嫌悪も絶望もあったはずだ。

それにしても、「夕焼け」の娘は、電車のなかの一種の生贄。娘だけが悩むのは理不尽なことであるが、彼女はこの状況に耐えるばかりだ。その姿が見えるように感じるのも、多かれ少なかれ、わたしたちのなかにも、この「娘」が住んでいるからだろうか。席を立ってゆずった立派なほうの娘でなく、十分に他者の痛みを感じながらも、席をゆずらなかった複雑な思いの娘。いわば正義の影で葛藤し、引き裂かれているのが、人間の姿という認識が作者にあったのだと思う。

しかし若いころ、わたしはこの詩を読んで、かすかな抵抗を覚えたことも記憶している。娘はとてもけなげだ。生意気のかけらもなく、謙虚で慎ましい。無垢そのもの。「次の駅も／次の駅も／下唇をキュッと嚙んで／身体をこわばらせて――。」ここに、若かったわたしは、「演技」を感じた。娘にはもっとぼんやりとフツーでいてほしかった。現代人はやさしさという言葉、やさしい心という言い方に用心深くもなる。作者が娘を、「可哀想に」と書き、「やさしい心」と書き、そう決めてしまったことにも、おそらくわたしは抵抗を覚えていた。娘の本心など、誰にも見えるはずはないからだ。

吉野弘の詩は、読んで意味がわからない詩ではない。むしろ意味で読ませていく。現代詩が、言葉の意味からどんどん遊離していくなか、このように、意味を手放さずに詩を書こうとする困難は、ひとつのたたかいのようにもみえる。しかしそこには、作者の世界解釈がどうしても入ってきて枠を決めてしまうという難しさもあった。つまりある種の押し付けがましさがでてくる。

それでもわたしはこの詩が好きだったし、今読むと、娘の耐える描写に多少誇張を感じるにしても、そのけなげさを可愛いと思う。いかにも「昭和の娘」だなと思うが、今もどこかの車両を探してみるといい。こんな娘がどこかにきっといる。かつてはわたしたちも、こんな娘だったのではないか。

それにしても彼女は、三度目でなぜ、席をゆずらなかったのか。自分がいい人でいることに挫折したのかもしれないし、何度も同じことをするのに、くじけたのかもしれない。ふいに面倒になったのかも。あるいは恥ずかしくなったのかも。理由はおそらく本人にも説明できなくて、事実としてあるのは、ゆずらなかったということだけだ。

最後の行に、夕焼けが出てくるのがいい。電車の外には、「夕焼け」が広がっていた。だが娘はうつむいていたので、この「夕焼け」に気づかない。そういうことはある。それでも夕焼けのなかを電車は走っていく。ならば夕焼けと娘は、それぞれがばらばらで無関係かといえば、そうではなく、娘のほうが気づかなかったとしても、夕焼け空のほうが娘を見ている。

夕焼けは自然現象であり、ただそこに広がっているだけなのに、あたたかい人格のようなものが感じられる。人間をみまもる「眼差し」そのものが、夕焼けとして広がっているように感じる。

自然を見るうちに、自然のほうから見つめられる。不思議だが、吉野弘の詩を読んでいると、そういう感触を得ることがある。自然と人間とのあいだに還流がおこっていて、自然のまなざしがふいに人間世界へさしこまれる。それは恩寵の瞬間である。「石仏――晩秋」(『感傷旅行』)では、「温顔の石仏が三体」、低い声でしゃべっていて、ふりかえると、「ふっと／口をつぐんでしまわれた。／秋が余りに静かなので／石仏であることを／お忘れになって／お話などなさったらしい。」とある。

どんな声だろう。何を話していたのか。石仏のやさしい目が、秋の空気のなかに見えるようだ。こんな目に出会ったらと想像するだけで、自分のなかの、石のように硬いものがやわらかく溶けていく。

自然物を描くとき、このような光に満ちる吉野弘の詩も、そこに一人でも人間が登場してくると、微笑むだけでは終わらない。眺めてみると、傷や亀裂、ずれ、誤解、勘違い、聞き違いなど、ここでもまた、不具合のようなものから生まれた詩が多い。

最初から、亀裂だとわかって亀裂を見つけるのではない。何か一つの言葉や現象に、違和感が働き、それを釣り上げる。するとそこに、裂け目が現れ、思いがけない発見＝詩が生まれる。その裂け目は、種を運ぶ鳥のように、他者の言葉が運んでくることも多い。その詩にはいつだって明確な他者がいた。

ＴＶ番組のような、作られた空間のなかからも、この詩人は生きた、他者の言葉を拾う。

「豊かに」(『北入曽』)では、昭和三十八年、三井三池炭鉱で起こった大規模な炭塵爆発事故の被災者、元採炭夫の塚本さんの姿が描かれる。一酸化炭素中毒による神経機能麻痺がおこり、その後、十年にわたって治療の見込みのないまま生きてきたという。

二枚のカードを組み合わせることで、意味の通る言葉にする「言語機能の回復訓練」の場面。塚本さんが選んできたのは、「苦労を」と「豊かにする」。「くらしを」というカードもあって、おそらく正解は、「くらしを」と「豊かにする」の組み合わせなのである。

しかし塚本さんが、つきだした「苦労を豊かにする」という一文は、はからずも、「くらしを豊かにする」という「正しさ」を、急速にうつろなものにした。比べて「苦労を豊かにする」という一文は、何事かを叫び、きしんでいる。それが作者を狼狽させた。

言葉がからっぽになる瞬間に、こうしてわたしたちは詩のなかで立ち会うことになる。ここでも塚本さんは何かを糾弾しようとしたわけではない。しかし選んだ言葉が、はからずも日常の真皮をむきだしにした。吉野弘は、そのような力を持つ言葉に、即座に感応する受信機だ。

「香水——グッド・ラック」(『感傷旅行』)にも、言葉があらわにした亀裂が見える。これから戦争の続くベトナムへ戻るという米兵に、ＴＶ番組の司会者が、「グッド・ラック」(幸運を祈ります)という言葉を餞《はなむけ》として送る。この場合の幸運とは、弾に当たらず生きて帰ってくることだろうが、言ったほうの人間は、絶対安全地帯にいる。そこから渡された言葉が、どれほどもろいものか。それを詩人は、次のように書いた。

祝福を与えようとして手に取り
――落として砕いてしまった
小さな高貴な香水瓶
の叫びのようだった言葉

グッド・ラック

なんて、ひどい生の破片、死の匂い

生死がかけられた戦場の空気と、戦場というものをおそらく映画のようにしか捉えられない、ライトの照らす人工的なテレビスタジオ。その埋めようもない溝に、この言葉は落下した。生の破片という言葉に、わたしは、飛び交う銃砲によって細片と化した人間の肉体を想像してしまう。

微妙なズレだと思う。死なないで帰ってきてほしいから、「グッド・ラック」。間違っていない。それだけに厄介だ。この言葉は、競馬場へ出かける人にも使えるし、受験生にも使える。言葉は同じ。よくある言葉。けれど兵士が出ていくのは戦場である。この言葉の鈍感さと、自分は無関係だと誰が言い切れるだろう。

そして「動詞「ぶつかる」」(単行詩集未収録)は、日本で最初の盲人電話交換手だという女性が、インタビューに答えて言った言葉から触発されて生まれた一篇だ。「朝夕の通勤は大変でしょう」と司会者がたずねる。すると――。

彼女が答えた
「ええ　大変は大変ですけれど
あっちこっちに　ぶつかりながら歩きますから、なんとか……」
「ぶつかりながら……ですか？」と司会者
彼女は　ほほえんだ
「ぶつかるものがあると

かえって安心なのです」

いわゆる健常者はぶつからないように歩く。しかし彼女はここで、ぶつかることが、生きることなのだと我々に教える。わたしは「ぶつかる」という動詞に、初めて会ったような気がしてしげしげと見つめてしまった。

文脈のなかで否定的なニュアンスばかりで使われてきた「ぶつかる」。それがここでは、なんと積極的に輝いていることか。つるんとした世界に、いきなり凸凹が戻ってきたかのようだ。見えていた世界に、もう一つ、全く別の窓が開く。見えなかった部分が、いきなり視覚化され、世界の幅が二倍になる。この詩を読むのは、そういう経験だ。

日常は当たり前のように、視覚に訴えかける情報であふれているが、「ぶつかる」という言葉が切り開いた力によって、無知の闇に、光がさあっと差し込んできた。見えていないのはこちらのほうだったのだ。

吉野弘の詩は、こうして、いわゆる社会的弱者に、あたたかいまなざしをそそぐが、それはときに同情と混同されやすく、誤解を生む危険性もあるだろうと思う。

しかしこの「ぶつかる」には、同情でなく、こう言ってよければ詩人の「好奇心」があった。吉野弘は驚いていた。喜んでいた。ぶつかることで確かめ、安心のようすがとする彼女の生きる力にぶつかって。

吉野弘の詩のなかには、時々こうして、対象にみとれている詩人の姿が映っている。年表によると吉野弘は、昭和二十年八月二十日、山形歩兵連隊へ入隊予定だったとある。十九歳だった。日本は、まさにその五日前に敗戦をむかえる。入隊は免れたわけだが、日本の体制は、戦後、占領国アメリカによって大きく変わった。

労働組合法が制定されたのも敗戦の年である。労働組合ができると、吉野も組合運動に加わり、首切り反対ストにも参加。そうした心身の疲労がたたったのか、体調不良をおこし、四年後の昭和二十四年には肺結核で入院、とある。当時、肺結核は国民病と言われたそうだが、戦後の食糧難、栄養不足も病いの悪化をすすめてしまったものと思われる。このような経験が、詩に落とす命のリアリティは重い。「生命は」という代表作を見てもわかるように、吉野弘は植物の営みから何篇もの詩を得ている。

「茶の花おぼえがき」もそんな一篇で、詩集『北入曽』に入っている。だから「詩」と呼んでいいのだろうが、エッセイといってもいい。ずいぶん長い。

一篇の発生の源に立ち戻れば、他者の運んできた言葉の種が、詩人の想像力をここまでふくらませたのだから、その方法において、他の詩の書法となんら変わるところはない。意味を手放さずに詩を書いた吉野弘の詩は、当然といえば当然だが、大胆な散文脈を豊富に持っている。

散文とは地をはうもの。だから吉野弘の詩は、空中でいきなりハサミを使うような、何のテーマもなくいきなり書き出すような(わたしなどはまさにそうだが)、ふらちでノンシャランな態度を持っていない。書き出したときには、ほぼ終わっているというくらい(そう見える)、詩を書く前に、まず、テーマとの遭遇、受信、選択があり、それについて十分考えられた準備時間がある。詩が書かれたあとも、詩によっては推敲が何度もなされている。ときには一篇の詩の制作過程などをあかしたエッセイも書かれていて、そんなことをするのは本意ではなかったようだが、あわせて読むと面白い。後述するが、「茶の花おぼえがき」にも、そうしたエッセイが存在する。

詩の成立についてしっかりと書けるということは、建造物にたとえれば、図面の段階から考え抜かれているということ。そうしてみると、この詩人の詩は意識的だという言い方もできる。

もっとも、『風が吹くと』に収録された、「船は魚になりたがる」などは、「航海が長びくと/船は魚になりたがる/そして時には/本当に魚になって海にもぐり/それっきり/もう/水面には戻らない」と始まり、船酔いの人々が、「熱烈な夢の分泌液に/存分、浸され」て、「半分、溶けています」と、酔ったようなイメージがユーモラスに紡がれている。ただ、吉野弘の詩のなかでは珍しい傾向の作品かもしれない。

同人誌「櫂」のメンバーの多くには、どこかに詩を個人的なものとはせず、社会のなかに送り返すのだという、自分を律した成熟した態度があるが、吉野弘についても、それは言える。あるいは「祝婚歌」や「夕焼け」や「I was born」の作者としての自分が、もうひとりの吉野弘を無意識のうちに縛ったということがあるかもしれないが、とにかく野放図な趣味的な詩は書かなかった。

さて、脱線を戻すが、「茶の花おぼえがき」では、井戸端園というお茶の農家の若旦那が、茶の木について「私」に語る。本来、茶の木は種からふえる植物だそうだが、現在は、品質を一定に保つためもあり、挿し木や取り木といった繁殖方法がとられているそうだ。それはさておき、話題は、茶の木の「花」である。

若旦那いわく。施肥《せひ》が充分で栄養がいいと、花をつけない。しかし施肥を打ち切って放置すると、茶の木は再び花をつけると。目的は茶葉なのだから、茶園側にとっては、花など不要。そもそも花が開くにもエネルギーが必要だから、花が咲くと葉っぱにまわる栄養素が減ってしまう。だから肥料を施し花の少ない状態にする。こうした人間にとって都合のいい状態を、「栄養成長」といい、花を咲かせて種をつくる、生来の方法を、「成熟成長」というのだそうだ。

「私」の直観の動きはすばやい。読者はやや、置いてけぼりを食らう。「私」は、成熟成長という言葉に、ただちに「死」を連想するのである。死という概念があってこそ、成熟が促されるのだと、そう思ったのだろう。

前述したとおり、この「茶の花おぼえがき」については、吉野弘『現代詩入門』に、題名も内容もほぼ同じものが、エッセイとして収録されている。しかし詩集に入った同名作品を並べると、その違いは明らかである。

詩集に収録されたほうには、だいぶ飛躍があり、話を要点に絞って詩的感慨を深めようとしたため、いささか無理が生じている。

変わって、最初からエッセイとして書かれた散文では、行き届いた丁寧な説明が存分になされ、説得力が違う。他の文献にもあたるなど、正確かつ詳細な情報伝達がなされていて、なるほどと腑に落ちるところがあった。同じ散文体で書かれていても、その質はまるで違う。詩集に収録したものを「詩」だという意識が作者にはあったものと思われる。

作者自身、この経験を詩にまとめるのはだいぶ厄介なことだったようで、「詩集『北入曽』に収めた「茶の花おぼえがき」はどうやら失敗作でした。」とまで書いている。

しかしその失敗作を、わたしはどうにも棄てられなくて本書に収録した。詩人が詩を書く前の段階で、何に反応したのかを知ってほしかったからだ。収まりの悪い長い作品だが、ここに出てくる「私」が、若旦那の話に夢中になり、ときに空回りと思えるほど、茶の木の話にのめりこんでいる。その姿にも心惹かれるものがあった。狭山という土地ならでは作品でもある。そこに暮らした詩人の、人と植物に寄せる愛情が感じられる。

エッセイにはなく、詩だけに書かれたことで、一つ付け加えるとすれば、次の若旦那の話だろう。

——長い間、肥料を吸収しつづけた茶の木が老化して、もはや吸収力をも失ってしまったとき、一斉に花を咲き揃えます。

最晩年に開く老いの花。吉野弘による「花伝書」である。目の前に、咲き誇る桜花が見えてくる。こんな老い方が自然界にはある。そのことを知ることが、なぜ、人間の命を弾ませるのか。やはり生命は繋がっているのだろう。わたしはたまたまいま、人間のかたちをした現象にすぎない。吉野弘の詩を読むと、そんな感慨が素直に落ちてくる。

いないのに居る

谷川俊太郎

吉野さんが書かれたものを、詩も散文も含めて読んでいると、作者である吉野弘がどういう人間なのか、自分の記憶の中の具体的なイメージとともに、言葉にし難い人となりのようなものが自然に心に入ってくる。同人誌「櫂」の集まり、特に〈連詩〉の集いを通して、日常的な距離から吉野さんと接した経験もあずかっているかもしれないが、詩作品から書いた人の人柄が直に浮かび上がってくるようなことは、現代詩の世界ではそう多くはない。

吉野さんは自分を「一民衆としての私」であるとする。この一民衆は一時期「一介のコピーライター」として日々の生計を立てていたこともあったが、「実業に処《ところ》を得ざるの徒」と自嘲気味に呟くのは実感であったと思う（「実業」『感傷旅行』一九七一）。だが吉野さんが人から「何をなさっている方ですか?」と問われて、「詩人です」と答えることがあったとは思えない。

詩を書く人間には多かれ少なかれ詩人臭さとでも言いたいものがあるが、吉野さんにはそれが全く感じられないのだ。もしせっかちな雑誌記者に、一口で言うと吉野さんてどんな方でしょうかと問いかけられたら、私は言下に「まともな人です」と答えるだろう。広辞苑は〈まとも〉を正しい道(を歩む)という風に定義している。

一言付け加えれば、吉野さんは公私ともにまともだった。〈公〉はもちろん詩人としての吉野さん、〈私〉は家庭における吉野さんで、夫として父親としての吉野さんが家族にどう接していたかということは、喜美子夫人と二人の娘、奈々子と万奈が没後『妻と娘二人が選んだ「吉野弘の詩」』を上梓したこと、また奈々子さんが自分のギャラリーChouetteに「吉野弘の部屋」を開設していることからも想像がつく。そんなことを残った妻子にしてもらえた詩人は、他にはいない。吉野さんの〈私〉は〈公〉と通底しているのだ。

正道、すなわち生きることに正面から向き合い、正しいと信ずる道を歩む人と言ってしまうと、なんだか堅苦しいが、吉野さんは几帳面ではあったが、堅苦しい人ではなかった。「漢字喜遊曲――王と正と武」の中にこんな一節がある。

「正という字」について
笹島綾子さんが、こう書いてらっしゃる。
〈曲がったところがないから迷ったりはしないけれど／すぐ突き当たってしまうから／あそぶのにはつまらない／だが　よく見ると左側にちょっとだけ／かくれられる場所がある／「いいなあ」と思った〉
正が左側に隠れ場所を持っている。
正しい事を言ったり行なったりしたあとの気恥かしさが此所《ここ》に隠れるのだろう。
正という字に、ほのかな含羞を
笹島さんは与えて下さった——いい人だ。（後略）

詩というより散文に近い語り口だ。吉野さんの詩は散文に根を下ろしていると感じさせる作が多い。抽象的な思想や観念からではなく、また上ずったとりとめのない感情からでもなく、具体的な物（文字もその一つだ）や日常の事実から〈詩〉を取り出すのだと言ってもいい。事実に基礎を置くその散文的現実を歪曲したり、誇張したりせずにできるだけ正直に描写することから詩が始まる。詩においてさえ吉野さんは多義的な曖昧に溺れない。そこから彼の詩の潔い立ち姿が生まれる。
しかし詩の基礎をなす散文的現実を生きることに、彼が自足していたわけではないと思う。一九五七年に自家版として出版された第一詩集『消息』の無題の序詩はこう始められている。

何もすることがないとき
彼は突堤の先に立っている。
足下にひろがる
ふかぶかとした海の色に
身震いして
彼は一散に陸の方へ駈け出す。

（中略）

――何かすることがあるのは有難いことだ。資本主義的生産様式であれ、社会主義的生産様式であれ、その中に、身をゆだねる多忙があるのは救いだ。多忙は神様だ！

いま考えると「何もすることがないとき」で始まる第一詩集というのも珍しい。『感傷旅行』中の「たまねぎ」には〈匂うは／無の所在なさ。〉という行もある。人はよく吉野さんの優しさを言うけれど、彼の穏やかな表情に、さらには彼の言葉にひそむ優しさに、私は彼が若いうちからの実体験（結核で三年間病床にあったこと、召集され入隊五日前に、終戦になったことなど）で身につけた、人生に立ち向かう態度のようなものを感じる。その生き方には何か覚悟と言うにふさわしい感触があって、それは時に諦念に近づく。吉野さんの詩には若いころからそんな通奏低音が流れているような気がする。

星

あまりに明るく
すべてが見えすぎる昼。
かえって
みずからを無《な》みするものが
空にはある。

有能であるよりほかに
ありようのない
サラリーマンの一人は
職場で
心を
無用な心を
昼の星のようにかくして
一日を耐える。

吉野さんも若いころサラリーマン生活を経験しているから、みずからを無みする（ないがしろにする）、あるいは〈心を昼の星のようにかくす〉のは自身の経験に裏打ちされた言葉だろう。

ひとが
ひとでなくなるのは
自分を愛することをやめるときだ。

自分を愛することをやめるとき
ひとは
他人を愛することをやめ
世界を見失ってしまう。

（「奈々子に」より）

自己愛（ナルシシズム）を嫌悪していた当時二十代の私は、この詩を読んで年長の吉野さんに叱られたような印象を持った。でもこういういくらか人生論めいた詩を、吉野さんはいつからかあまり書かなくなっていた。

生まれつきの資質として詩がしつこく「意味づけ」のほうに向かうことを自戒して、一九七九年の『叙景』のころから、投稿詩の選評経験で「作品が作者の思いで溢れ、当の思いを喚起せしめた情景や事物の質感は見当らない」ことに対して、自分を「事物を描こう」とする方向へ押しやるようになったと吉野さんは言う（『叙景』あとがき）。

冷蔵庫
お前、唸ってたな

生きものみたいに
深夜
歌っていたのかもしれないが
それにしては陰気な歌だった
冷蔵庫
生きものの真似をしていたのか、お前
（中略）
人間は何十万年もドタバタ見苦しく生きてきたのに
まだ自分に愛想を尽かすことも知らない
そういう狂った生きものなんだから
人間を見習ってはいけない
（「冷蔵庫に」より）

この詩の最後の二行、「わかったな／な」に吉野さんの体温が伝わってくる。擬人化された冷蔵庫に念を押すユーモアに、吉野さんの同時代に対する逆説的な憤りが否応無しに感じられる。

＊

〔二〇一八年十一月四日　日曜日　さいたま文学館〕

開催中の企画展「詩人・吉野弘～やさしいまなざし」を見る。まず活字では伝わらない吉野さんの手書き文字の端正な佇まいに、今更ながら胸を打たれる。色紙などを所望されたら、はじめは照れて辞退していたかもしれないが、一旦受けたら真剣に一字もおろそかにせず書いている吉野さんの姿が思い浮かぶ。

葉書に書かれた〈心に耳を押し当てよ／聞くに堪えないことばかり〉は、一時期楽しんで書いていたシリーズ「漢字喜遊曲」の一つだが、初めて読んだとき私は文字の遊びに気づかず、自分を省みてギクッとした。それが題名の〈恥〉と結びついたのは、吉野さんの手書き文字のもつスキンシップ的な親しみのおかげだ。吉野さんは葉書にも落款〈弘〉を押している。それも吉野さんの含羞ゆえの律儀さの現れだと思う。

吉野さんが書いたばかりの詩を家族の前で声に出して読み、感想を聞きたがったと知って、私には想像もつかないことだから驚いた。家族以外の他者に対しては、詩を恥ずかしいと思ったことはまずないが、家族に対しては何故か自分の書いたものが恥ずかしい。私にとって詩が公器となるのは、身近ではない読者・聴衆の前であって、家族の前では私の詩は言ってみればまだ親離れ? していないのかもしれない。
吉野さんの水彩画が何点か展示されているが、格別な工夫もなくごく自然に上手いと感じさせられるのは書も同じだ。絵の才能は娘の万奈さんに遺伝していて、彼女の絵も飾り気なく、余計な感情抜きで繊細に対象を見つめるところに、吉野さんの血を感じる。
ご家族からの聞き書きをまとめたパネル、〈家庭での吉野弘の姿〉が写真よりも、当然だが詩よりもナマな吉野さんを伝えているのが面白い。

［性格］
時間通りに行動するタイプの人で、机に物を置くときも、縦と横をきっちりと決めていました。手紙も届くとすぐに日付のスタンプを押し、返事をすぐに書き、郵便局まで投函に行っていました。

［愛用の文房具］
原稿を書くときの筆記具は、はじめの頃はつけペンで、後から万年筆を使うようになりました。原稿は、必ずはじめに鉛筆で下書きをし、それから万年筆などで書き直して

提出していたので、修正の跡がある清書原稿は珍しいそうです。

下書きから清書して手放すまで、どのくらいの時間をかけているのだろうと思っていたら、それを知る機会が蕎麦屋の二階の連詩の現場であった。前の詩人が書いた詩を手に、私たちがいる座敷から別室へと姿を消して数時間、吉野さんが数行の作を持って座に復帰したとき、飲みながら待っていた私たちはすっかり出来上がっていて、ものの役に立たない状態だった。

連詩の流れは停滞したけれど、吉野さんがいなかったその数時間に、私はかえって吉野さんの存在を深く感じ続けていた。

〈居るのにいなかった吉野さん〉は〈いないのに居る吉野さん〉になって今、私たちの中に帰ってきている。

二〇一八年十一月六日

吉野弘自筆年譜

一九二六(大正十五・昭和一)年

一月十六日、山形県酒田市で、父・吉野末太郎、母・さだの長男として生まれる。この時、姉・静と異父の兄・孝太郎がいた。

一九三二(昭和七)年　六歳

酒田市琢成第二尋常小学校に入学。この年に上海事変、次いで五・一五事件が起こる。

一九三八(昭和十三)年　十二歳

小学校を総代で卒業。酒田市立商業学校に入学。七月、母・さだ、病没(五十一歳)。十一月、兄・孝太郎、遠縁に当たる畠山家の長女・甲と結婚。翌年四月、兄夫婦は北朝鮮に出稼ぎのため家を離れる。

一九四二(昭和十七)年　十六歳

十二月、戦時のため商業学校を繰り上げ卒業。前年の十二月、太平洋戦争に突入していた。

一九四三（昭和十八）年　十七歳
一月、帝国石油（株）に入社し、酒田の山形鉱業所に勤務。六月、姉・静、結婚。
一九四四（昭和十九）年　十八歳
徴兵検査を受け合格。甲種合格を望んでいたが、近視のため第一乙種。不本意であった。
一九四五（昭和二十）年　十九歳
八月二十日、山形歩兵第三十二連隊に入営予定だったが、十五日に敗戦。連合軍の占領が始まる。
一九四六（昭和二十一）年　二十歳
兄夫婦と子供二人が北朝鮮より引き上げ一緒に暮らす。
一九四九（昭和二十四）年　二十三歳
労働組合運動が活発化し、前々年より専従役員になり、首切り反対ストに加わる。九月、肺結核になり、十一月、酒田病院に入院。

一九五〇(昭和二十五)年　二十四歳
六月、東京都江戸川区の病院に入院し、胸郭成形手術を受ける。翌年八月、退院し、十月、復職する。入院中、詩人・富岡啓二氏を知り交友（富岡氏は一九五五年十月、病没）。

一九五二(昭和二十七)年　二十六歳
詩誌「詩学」に「爪」「I was born」を投稿し、翌年の二月号で新人に推薦される。以後、詩作を続け、同人誌「櫂」の他「詩学」「ユリイカ」「現代詩手帖」など各種の雑誌、同人詩誌、新聞などに詩作品や書評を発表する。十一月、飯野喜美子と結婚。酒田市光が丘の社宅（帝国石油(株)）に住む。

一九五三(昭和二十八)年　二十七歳
川崎洋・茨木のり子両氏の創刊した同人誌「櫂」に九月（三号）から参加する。

一九五四(昭和二十九)年　二十八歳

七月、長女・奈々子誕生。

一九五七(昭和三十二)年　三十一歳

五月、処女詩集『消息』を「谺」詩の会から刊行。六月、「櫂」で『消息』をめぐる合評会がなされる。十月、新潟県柏崎市に転居。

一九五八(昭和三十三)年　三十二歳

三月、帝国石油(株)から石油資源開発(株)への移籍に伴い、柏崎市から東京都中野区の寮に転居。九月、板橋区の向原団地に転居。

一九五九(昭和三十四)年　三十三歳

六月、詩集『幻・方法』を飯塚書店から刊行。

一九六〇(昭和三十五)年　三十四歳

一月、「詩学」で作品月評(二人の詩二篇についての所感)を担当(一年間)。八月、「私の職場の若い人たちの為の現代詩」として現代詩人の作品と鑑賞を毎週一回(ガリ版刷り）職場に50部ずつ配布、翌年三月まで二十六回継続。後日（昭45）思潮社から刊行されたアンソロジー「わが愛する詩」に〈詩をどうぞ〉として十四篇収録。

一九六二（昭和三十七）年　三十六歳
三月、次女・万奈誕生。八月、石油資源開発(株)を退社、コピーライターに転職し一九八〇年まで継続。そのあとは文筆を専業とする。

一九六四（昭和三十九）年　三十八歳
十二月、詩画集『10ワットの太陽』（思潮社）を刊行。

一九六七（昭和四十二）年　四十一歳
十一月、合唱組曲「心の四季」を高田三郎氏の作曲で制作しＮＨＫで放送。

一九六八（昭和四十三）年　四十二歳
現代詩文庫12『吉野弘詩集』（思潮社）を刊行。

一九六九（昭和四十四）年　四十三歳

四月から六月まで日本現代詩人会主催の現代詩作詩講座第一回を実行委員の一人として担当。十一月、同講座の第二回も担当。この講座の記録は翌年六月、「現代教養文庫」三冊にまとめられて社会思想社から刊行。

一九七〇（昭和四十五）年　四十四歳

四月、「新潟日報」の「家庭」に随想を十回連載。後日、思潮社刊行の『遊動視点』に〈「食」随想〉として収録。

一九七一（昭和四十六）年　四十五歳

四月、「高二コース」の投稿詩の選者を担当（一九七三年三月まで）。七月、詩集『感傷旅行』（葡萄社）刊行。

一九七二（昭和四十七）年　四十六歳

二月、『感傷旅行』により第23回読売文学賞を受賞。六月、『日本の愛の詩』（ＫＫベストセラーズ）を刊行。八月、「櫂」の同人で連詩を試みる。十月、板橋区の向原団地から埼玉県狭山市北入曽の自宅に転居。同月、酒田市在住の兄・孝太郎が逝去（五十七歳）。

一九七三（昭和四十八）年　四十七歳

四月、「高一コース」の投稿詩の選者を再度担当（一九八一年三月まで）。十二月、豆本詩集『虹の足』を「みちのく豆本の会」から刊行。

一九七四（昭和四十九）年　四十八歳

四月から八月まで「国語通信」（筑摩書房）の「日本語への探索」に言葉に関するエッセイを寄稿、後日、思潮社刊行の『詩への通路』に〈詩と言葉の通路〉として収録。

一九七五（昭和五十）年　四十九歳

四月から翌年三月まで、文化放送の朝風ラジオエッセイを四十八篇書く。この内の三十八篇を後に『遊動視点』に収録。四月、自由ヶ丘・産経学園詩の教室の講師を担当（十二月まで）。気管支肺炎のため、四月後半、市内の病院に入院加療。

一九七六（昭和五十一）年　五十歳

二月、母校の酒田市琢成小学校の校歌を作詞する。以後、校歌・社歌などの作詞が十一篇(全部で十二篇)。九月、「野火」に「言葉と私」と題する文章を書き始め、三年余にわたり二十回に及ぶ。後に『現代詩入門』として刊行。

一九七七(昭和五十二)年　五十一歳

一月、詩集『北入曽』(青土社)を刊行。五月から九月まで「新潟日報」に「漢字のロマン」を十五回連載、これを後日刊行の『遊動視点』に「漢字のプリズム」として収録。九月、詩画集『風が吹くと』(サンリオ)を刊行。

一九七九(昭和五十四)年　五十三歳

一月、「現代詩手帖」で「遊動視点」の連載を始め、これを後日刊行の『遊動視点』に収録。「小説新潮」サロン(詩)の選者を担当(一年間)。十月、西武池袋コミュニティカレッジで詩の公開講座を担当(一九八六年九月まで七年間)。十一月、詩集『叙景』(青土社)刊行。静岡新聞の読者文芸の選者を担当(二〇一〇年まで)。南日本新聞の詩壇の選者を担当(一九八一年まで)。

一九八〇（昭和五十五）年　五十四歳
一月、「詩人会議」に「吉野弘ポエムコーナー」を連載（一年間）。二月、父・末太郎、狭山市の病院で逝去（八十四歳）。三月、『現代詩入門』（青土社）刊行。四月、「にっす」（日本ステンレス（株）の社内誌）に毎月連載して詩を書き始め一九九二年九月の最終号まで継続（一五〇篇に及ぶ）。十二月、『詩への通路』（思潮社）刊行。

一九八一（昭和五十六）年　五十五歳
一月、『遊動視点』（思潮社）刊行。四月、長女・奈々子結婚。『吉野弘詩集』（青土社）刊行。十一月、酒田市で潤筆展を開催。

一九八二（昭和五十七）年　五十六歳
一月、「ミセス」で詩の選者を担当（二年間）。三月、現代詩文庫『新選吉野弘詩集』（思潮社）刊行。九月、岩波ジュニア新書『詩の楽しみ』刊行。十二月、駅ホームでの顎の骨折のため目白病院に入院加療（17日～25日）。

一九八三（昭和五十八）年　五十七歳

七月、詩集『陽を浴びて』(花神社)刊行。十一月、酒田市制50周年記念合唱組曲「風光歌」(服部公一氏作曲)を発表。

一九八四(昭和五十九)年　五十八歳

韓国国際文化協会からの招きによりソウルを訪問、同国の詩人と交歓。講演後、一週間ほど同国内を旅行。

一九八五(昭和六十)年　五十九歳

九月、詩画集『北象』(アトリエ楡・木村茂=銅版画)刊行。

一九八六(昭和六十一)年　六十歳

一月、「小説新潮」サロンの詩選者を担当(二年間)。五月、『花神ブックス2　吉野弘』(花神社)刊行。

一九八七(昭和六十二)年　六十一歳

五月、『花木人語』(みちのく豆本の会)刊行。

一九八八(昭和六十三)年　六十二歳
十一月、岩手日報・読者文芸(詩部門)選者を担当(二〇〇九年まで)。
一九八九(昭和六十四・平成一)年　六十三歳
八月、詩集『自然渋滞』(花神社)刊行。
一九九〇(平成二)年　六十四歳
五月、詩集『自然渋滞』(花神社)により第5回詩歌文学館賞を受賞。
一九九一(平成三)年　六十五歳
十一月、山形県より作詞を依頼された第47回国民体育大会「べにばな国体」の「国体賛歌」「炬火賛歌」が発表される(作曲は池辺晋一郎氏及び寺井尚行氏)。
一九九二(平成四)年　六十六歳
一月、「ハイミセス」で詩の選者を担当(一九九四年まで隔月)。四月、詩集『贈るうた』（花神社）刊行。七月、詩集『夢焼け』（花神社）刊行。

一九九三（平成五）年　六十七歳

五月、次女・万奈結婚。七月、『風流譚』（みちのく豆本の会）刊行。

一九九四（平成六）年　六十八歳

四月、『吉野弘全詩集』（青土社）刊行。現代詩文庫『続・吉野弘詩集』（思潮社）刊行。六月、現代詩文庫『続続・吉野弘詩集』（思潮社）刊行。

一九九五（平成七）年　六十九歳

九月、埼玉県からの依頼により作詞した合唱曲「ケヤキ賛歌」が「彩の国県民芸術文化祭'95」で演奏（加茂下裕氏作曲）。十月、エッセイ集『酔生夢詩』（青土社）刊行。

一九九六（平成八）年　七十歳

九月、詩画集『生命は』（ザイロ）刊行。十一月、これまでの創作活動が郷土のイメージを高め文化振興に貢献したとして、酒田市から平成八年度酒田市特別功労賞を受ける。

一九九八(平成十)年　七十二歳
五月、写真詩集『木が風に』八木祥光＝写真（そしえて）刊行。六月、談話集『風の記憶』（スプーン）刊行。十一月、第41回埼玉文化賞（芸術部門）を受賞。

（以上、著者自筆）

〈補遺〉

一九九九(平成十一)年　七十三歳
四月、『吉野弘詩集』（角川春樹事務所・ハルキ文庫）刊行。
二〇〇三(平成十五)年　七十七歳
十月、『二人が睦まじくいるためには』（童話屋）刊行。
二〇〇四(平成十六)年　七十八歳
一月、『素直な疑問符』（葉祥明＝絵、水内喜久雄＝選、理論社）刊行。十二月、『詩のすすめ――詩と言葉の通路』（思潮社）刊行。
二〇〇七(平成十九)年　八十一歳

六月、次女・万奈と同居のため静岡県富士市に転居。

二〇〇九（平成二十一）年　八十三歳

十二月、『吉野弘詩集・奈々子に』（岩崎書店）刊行。

二〇一四（平成二十六）年

米寿を翌日に控えた一月十五日、肺炎のため静岡県富士市の自宅で逝去（八十七歳）。

五月、「ユリイカ」臨時増刊号にて、『吉野弘の世界』（青土社）刊行。七月十八～二十日、「吉野弘遺作展～ことば 詩 文学の世界～」静岡県富士市文化センター・ロゼシアターにて開催。九月二十日～十一月二十四日、「吉野弘追悼展～酒田のうた～」山形県酒田市立資料館にて開催。

二〇一五（平成二十七）年

四月、『妻と娘二人が選んだ「吉野弘の詩」』（青土社）刊行。六月、『花と木のうた』（青土社）刊行。十二月、『生命は　吉野弘詩集』（リベラル社）刊行。

二〇一六（平成二十八）年

十一月十一～十七日、「吉野弘遺作展～さやまを愛した詩人～」埼玉県狭山市民交流センターにて開催。

二〇一八(平成三十)年

十月六日~十一月二十五日、「詩人・吉野弘~やさしいまなざし」埼玉県桶川市のさいたま文学館にて開催。

〔編集付記〕

一、本書を編集するにあたっては、『吉野弘全詩集　増補新版』(青土社、二〇一四)を底本とした。
二、それぞれの作品の出典は、目次中に明示した。
三、本書に収録した「吉野弘自筆年譜」には、久保田奈々子・梅原万奈両氏による〈補遺〉を追加した。
四、本文中の「註」は作者による。
五、「単行詩集未収録詩篇」に収録した作品は、梅原万奈氏から提供を受けた資料に拠った。掲載作品の末尾(　)内に発表年月と発表媒体名を掲げた。
六、漢字、仮名づかいは、原則として新字体・新仮名づかいに統一した。
七、明らかな誤記・誤植と思われるものは訂正した。
八、拗促音は、並字を小字にした。
九、難読と思われる漢字には、適宜振り仮名を付した。
十、今日ではその表現に配慮する必要のある語句を含むものもあるが、作品が発表された年代の状況に鑑み、原文通りとした。

(岩波文庫編集部)

吉野《よしの》弘《ひろし》詩集《ししゅう》

2019年2月15日　第1刷発行
2023年6月5日　第5刷発行

編　者　小池昌代《こいけまさよ》

発行者　坂本政謙

発行所　株式会社　岩波書店
〒101-8002 東京都千代田区一ツ橋2-5-5
案内 03-5210-4000　営業部 03-5210-4111
文庫編集部 03-5210-4051
https://www.iwanami.co.jp/

印刷 製本・法令印刷　カバー・精興社

ISBN 978-4-00-312201-3　Printed in Japan

読書子に寄す

――岩波文庫発刊に際して――

岩波茂雄

真理は万人によって求められることを自ら欲し、芸術は万人によって愛されることを自ら望む。かつては民を愚昧ならしめるために学芸が最も狭き堂宇に閉鎖されたことがあった。今や知識と美とを特権階級の独占より奪い返すことはつねに進取的なる民衆の切実なる要求である。岩波文庫はこの要求に応じそれに励まされて生まれた。それは生命ある不朽の書を少数者の書斎と研究室とより解放して街頭にくまなく立たしめ民衆に伍せしめるであろう。近時大量生産予約出版の流行を見る。その広告宣伝の狂態はしばらくおくも、後代にのこすと誇称する全集がその編集に万全の用意をなしたるか。千古の典籍の翻訳企図に敬虔の態度を欠かざりしか。さらに分売を許さず読者を繋縛して数十冊を強うるがごとき、はたしてその揚言する学芸解放のゆえんなりや。吾人は天下の名士の声に和してこれを推挙するに躊躇するものである。このときにあたって、岩波書店は自己の責務のいよいよ重大なるを思い、従来の方針の徹底を期するため、すでに十数年以前より志して来た計画を慎重審議この際断然実行することにした。吾人は範をかのレクラム文庫にとり、古今東西にわたって文芸・哲学・社会科学・自然科学等種類のいかんを問わず、いやしくも万人の必読すべき真に古典的価値ある書をきわめて簡易なる形式において逐次刊行し、あらゆる人間に須要なる生活向上の資料、生活批判の原理を提供せんと欲する。この文庫は予約出版の方法を排したるがゆえに、読者は自己の欲する時に自己の欲する書物を各個に自由に選択することができる。携帯に便にして価格の低きを最主とするがゆえに、外観を顧みざるも内容に至っては厳選最も力を尽くし、従来の岩波出版物の特色をますます発揮せしめようとする。この計画たるや世間の一時の投機的なるものと異なり、永遠の事業として吾人は微力を傾倒し、あらゆる犠牲を忍んで今後永久に継続発展せしめ、もって文庫の使命を遺憾なく果たさしめることを期する。芸術を愛し知識を求むる士の自ら進んでこの挙に参加し、希望と忠言とを寄せられることは吾人の熱望するところである。その性質上経済的には最も困難多きこの事業にあえて当たらんとする吾人の志を諒として、その達成のため世の読書子とのうるわしき共同を期待する。

昭和二年七月

岩波文庫の最新刊

三木清著
構想力の論理 第一
パトスとロゴスの統一を試みるも未完に終わった、三木清の主著。〈第一〉には、「神話」「制度」「技術」を収録。注解＝藤田正勝。（全二冊）
〔青一四九-二〕 定価一〇七八円

ジュリアン・グリーン作／石井洋二郎訳
モイラ
極度に潔癖で信仰深い赤毛の美少年ジョゼフが、運命の少女モイラに魅入られ……。一九二〇年のヴァージニアを舞台に、端正な文章で綴られたグリーンの代表作。
〔赤N五二〇-一〕 定価一二七六円

バジョット著／遠山隆淑訳
イギリス国制論（下）
イギリスの議会政治の動きを分析した古典的名著。下巻では、政権交代や議院内閣制の成立条件について考察を進めていく。第二版の序文を収録。（全二冊）
〔白一二二-三〕 定価一一五五円

大泉黒石著
俺の自叙伝
ロシア人を父に持ち、虚言の作家と貶められた大正期のコスモポリタン作家、大泉黒石。その生誕からデビューまでの数奇な半生を綴った代表作。解説＝四方田犬彦。
〔緑二二九-一〕 定価一一五五円

……今月の重版再開……

川合康三選訳
李商隠詩選
定価一一〇〇円
〔赤四二-一〕

鈴木範久編
新渡戸稲造論集
定価一一五五円
〔青一一八-二〕

岩波文庫の最新刊

グレゴリー・ベイトソン著／佐藤良明訳
精神の生態学へ(中)
コミュニケーションの諸形式を分析し、精神病理を「個人の心」から解き放つ。中巻は学習理論・精神医学篇。ダブルバインドの概念、アルコール依存症の解明など。(全三冊)〔青N六〇四-三〕 **定価一二一〇円**

イーディス・ウォートン作／河島弘美訳
無垢の時代
二人の女性の間で揺れ惑う青年の姿を通して、時代の変化にさらされる〈オールド・ニューヨーク〉の社会を鮮やかに描く。ピューリッツァー賞受賞作。〔赤三四五-一〕 **定価一五〇七円**

バジョット著／宇野弘蔵訳
ロンバード街
―ロンドンの金融市場―
一九世紀ロンドンの金融市場を観察し、危機発生のメカニズムや「最後の貸し手」としての中央銀行の役割について論じた画期的著作。改版。(解説＝翁邦雄)〔白一二二-一〕 **定価一三五三円**

道籏泰三編
中上健次短篇集
中上健次(一九四六-一九九二)は、怒り、哀しみ、優しさに溢れた人間のあり方を短篇小説で描いた。『十九歳の地図』『ラプラタ綺譚』等、十篇を精選。〔緑二三〇-一〕 **定価一〇〇一円**

……今月の重版再開……

井原西鶴作／横山重校訂
好色一代男
〔黄二〇四-一〕 **定価九三五円**

ヴェブレン著／小原敬士訳
有閑階級の理論
〔白二〇八-一〕 **定価一二一〇円**